死んでいるかしら

柴田元幸

日経文芸文庫

もくじ

I

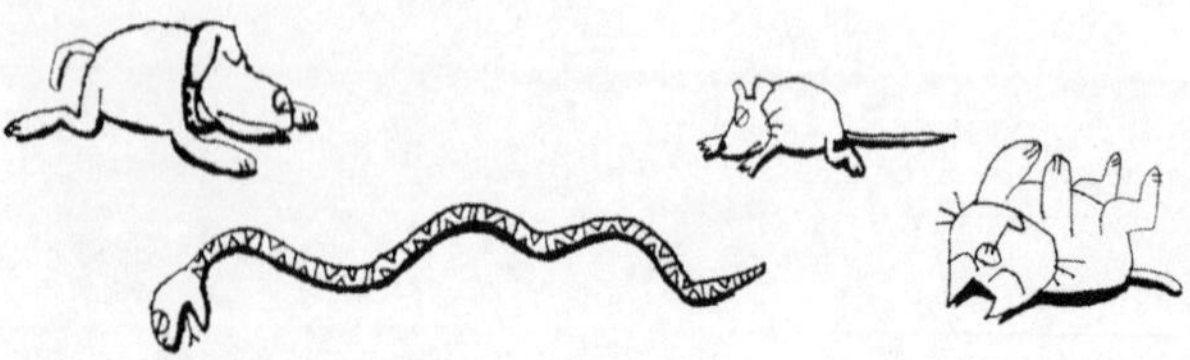

I

取越し苦労

こういうのをまさに取越し苦労というのだろう。何年か前に元号が変わることになったとき、僕はほんの少し不安を抱いた。

新しい元号は、「国民の理想としてふさわしいよい意味を持つ」「書きやすい」「読みやすい」ものになる、という話だった。

人間、何が理想といって、元気で幸福であることが一番ではないでしょうか。

そして僕は名前を「元幸」といいます。

もちろん読み方は「もとゆき」であって「げんこう」ではない（音読みで呼ばれる資格があるのは、吉本隆明《りゅうめい》とか安部公房《こうぼう》とかいった、偉い人だけである）。でも電話で説明するときなどは「元気の元に幸福の幸です」と伝えるわけだし、英語圏の人間に「お前の名前はどういう意味だ」と訊かれたら、「元気《ヘルシー》で、幸福《ハッピー》だってことだよ」と答えるしかない。

「明るくていい名前じゃないか」と相手はたいていニコニコしながら言ってくれるけれど、何だかその笑顔は、「そういう底なしに楽天的な名前だから、人生を貫くアイロニーや悲哀が君にはわからんのだよなあ」と言いたげである。

だが元号にはアイロニーだの悲哀だのは関係あるまい。元幸《げんこう》なら掛け値なしに「よい意味」だし、間違いなく「書きやすい」し「読みやすい」。というわけで僕は、もしかしたら自分の名が元号候補として「新元号審議会」（僕が勝手に作った名称。本当は何というか知らない）で検討されているんじゃないかと、ほんの少し不安になったのである。

「いいじゃないですか、元幸《げんこう》。アイロニーには欠けるが、国民の理想としてふさわしいよい意味だ」

「そうですね。人生の悲哀が伝わらないうらみはあるが、書きやすいし、読みやすい。いいじゃないですか」

——と、審議会の進行状況を一人で勝手に想像して、僕は少しうろたえてしまう。そこであわてて「反元幸派」を登場させる。

「しかし、ゲンコウは元寇に通じますぞ」と審議会の中心人物の一人である日本史学者が言う。「賊が攻めてくるような印象を与える元号というのは、いかがなものか」

「それに天文学で減光といえば、天体からの光が観測者に達するまでに受ける減衰のことをいいます」と審議会に加わった数少ない科学者の一人が言う。「減光は銀河面内で特に大きく、暗黒星雲のないところでも一キロパーセクあたり可視光で約〇・三等、これが暗黒星雲を含むような方向では何と三等級にまで達するわけです」。ほかの委員たちの目が点になっているのに気づいて、彼はあわてて結論に移る。「暗くなることにつながる元号というのは、いかがなものか」

「しかも生物学で原口といえば」と審議会唯一の女性委員である生物学者が言う。「胚発生の胞胚期終了後、嚢胚《のうはい》形成時に生じる細胞の陥入口を指すわけで、後口《こうこう》動物の場合、原口またはその付近が肛門となるわけです。肛門を連想させる元号というのは、いかがなものでしょうか」。総じて理科系の話に弱い委員たちは、早くも何人かが居眠りをはじめている。

「そして言うまでもなく、中国で玄黄といえば、馬の病気をいいます」と著名な漢文学者は言い、一同はいかにもそれが言うまでもないことであるかのように頷《うなず》く。「玄は玄人《くろうと》に見るごとく黒を表わし、黒い馬が病気をすると黄色くなるのです。馬の病気を想起させる元号というのはいかがなものか」

結局「いかがなものか派」が「いいじゃないですか派」を上回り、僕の想像のなかの新元号審議会において「新元号　元幸」はめでたく否定されたのであった（あとで知ったのだが、「ゲンコウ」は鎌倉末期に元亨、元弘の字ですでに二度元号として使われている。今日では以前使われた元号は使わない方針というから、僕の心配は、本当にまったく百パーセント掛け値なしの取越し苦労だったわけである）。

名前を決めるというのは非常な決断を要する行為だと思う。僕は子供もいないので、幸い大きな決断を迫られたことはない。せいぜい自分の本の題に悩んだくらいのものである。はじめてのエッセイ集を出すことになったとき、「生半可な學者」というタイトルにしようと思うんだ、と僕が言うと、「だって君は学者として本当に生半可じゃないか」と友人の一人は呆れて言った。「それじゃ全然シャレにならないよ」

それもそうだとは思ったのだが、生半可という言葉のだらけた感じが気に入ったので結局これにした。僕は「堅忍不抜《けんにんふばつ》」とか「気焔万丈《きえんばんじょう》」とかいった凛々《りり》しい四文字語より、「自堕落」「大雑把《おおざっぱ》」「太平楽」「頓珍漢《とんちんかん》」といった生ぬるい三文字語が好きなのだ。

自分の本ではないが、勤務先の大学で作った英語の教科書のタイトルを決めるのにも苦労した。一冊目 *The Universe of English*（英語の宇宙）は割合すんなり決まったが、二冊目

はけっこう迷った。結局正攻法で *The Expanding Universe of English*（膨張する英語の宇宙）と行くことにし、評判もまずまずだった。

ところが、学生たちが作った *Expanding* の訳本を入手したら、ちゃんと本物と同じ判型で作ったその手作り冊子は、その名も *The Shrinking Universe of English*（収縮する英語の宇宙）となっているではないか。しかも、こっちが精一杯つっぱって書いた序文もしっかりもじってあって、「〈英語を読む〉ではなく〈英語で読む〉のを助けることを私たちはめざした」という箇所なんか、「〈英語を読む〉ではなく〈日本語で読む〉のを助けることを私たちはめざした」となっている。

やられた、と思った。こっちはいつまでも教師のパロディをやってるつもりでも、学生たちから見ればとっくに、嘲笑しパロディすべき「権威」になってしまっているわけだ。いずれ続編を作る予定だが、今度はいっそ *The Exploding Universe of English*（爆発する英語の宇宙）で行こうかとも思っている。そしたら訳本にはどんな題をつけてくるか。

（※「新元号審議会」の審議内容は、『平凡社世界大百科事典』『大辞林』（三省堂）をほぼ丸写しさせていただきました）

ホール・イン・ワンの呪い

英語でfour-letter wordといえばf**kとかs**tとかいった汚ない言葉のことだが(forkやsaltがなんで汚ないんだ? と思う人は英語の勉強法が真面目すぎます)、日本語においては、新しい商品や制度は四文字化されることによって日常世界への仲間入りを果たす。ワープロ、パソコン、ゼネコン、レンコン(こりゃはじめっから四文字か)、リストラ、コンビニ、ブルセラ(これが「ブルマー+セーラー服」の謂《いい》だとは知りませんでした)。みんな四文字化することによって、現実という共同幻想の確固たる一部となる。前からあった制度についても、四文字化は現在急速に進んでいる。大学生の会話を聞いていると、ゲームセンターはゲーセン、家庭教師はカテキョー、一般教養はパンキョー。昔だって「デカンショ」とか言ってたわけだが、とにかくいまやほとんど何でも四文字だ。

逆に、「アイデンティティ」という言葉がいつまで経っても「アイデン」とか「アイデテ」

にならないのは、〈自己同一性〉という概念が日本人にとって依然なじめないものであるという事実を物語っているように思えるし、「マルチメディア」がいまのところまだ「マルチメ」とか「マルメディ」にならないのも、誰もが口にするものの要するにそれが何なのか、ほとんどの人がいまひとつわからずにいることの証しではないだろうか。

ルスデン、と四文字化を達成したことからみて、留守番電話はいまや、我々の日常生活における当然の一要素と化したと言っていい。誰かに電話をかけて留守電に行き当たっても、人々はもう、神の前で突然自己の人生の潔白を証明しなければならなくなった人間のようにうろたえたりはしない。実際これは、テクノロジーの急激な進歩に対して人類が珍しくそれなりに対応できている稀有な例ではないだろうか。

The Guiness Book of Innovations という本によると、開発当初は重さ百キロを優に超え設置に二人がかりで三日かかったという留守番電話がようやく小型・実用化されはじめて、とりわけ喜んだのは正統派ユダヤ教徒たちであったという。なぜか？　敬虔なユダヤ教徒たるもの、安息日（ユダヤ教の場合土曜日）には仕事を休み、体を浄《きよ》め、掟どおりの食事をし、神をたたえその御業に感謝せねばならない。そしてこの戒律を厳格に遵守するなら、安息日には電話だって出ちゃいけないのである。でも留守電が出るぶんには、「機械のやることだから」ＯＫというわけだ。

機械に向かって喋るなんて非人間的だ、と言うヒューマニストも多いが、僕のように電話をかけるのも受けるのも、そもそも人との会話一般を「あーメンドクセー」と思ってしまうヒューマニズム落伍者には、留守電はユダヤ教徒にとってと同様なかなか有難い発明だ。ひところやたらに無言電話がかかってきたことがあったが、留守電にしてつねに相手の声を確認してから電話に出るようにしたら、じきにかかってこなくなった。さすがに機械に向かって「……」と無言の圧力をかけても倒錯的快感は得られぬものらしい。

一方、正常なかけ手の方々は、留守電だと思って意を決して喋り出したら突然「なーんちゃって」という感じでこっちが出てくるものだから、仰天したり憤慨したり一時的錯乱状態に陥って笑い出したり、いろいろと大変であった。こちらとしても、ベルが鳴っているのに電話に出ない、というのははじめは抵抗があったが、あっというまに「機械がやってくれるのだからわざわざ自分がやることはない」というくらいの気になった。実際、留守番電話は我々人間を、電話という機械に対する隷属的地位から解放してくれたと言っていいかもしれない。ポール・ベンジャミンという人（実はこれ、アメリカの某人気作家の別名なのですが）が『スクイズ・プレー』というミステリー小説のなかで、「現代生活の特徴のひとつとして、我々が電話というものを神聖視していることが挙げられる。電話の命令に応えるために、人は情熱的な性愛を中断し、激烈な口論を休止する。電話に出ない、というのは無秩序と同義であり、社会構造そのものに対する攻撃と受け取られる」と書いているが、かつて電話というものが持っていた呪縛力をぴったり言い当てたこの一節も、留守電の出現とともになかば歴史的資料と化した。

というわけで、テクノロジーは日夜進歩し、日常生活はますます便利になり、作業の能率はいっそう向上し、我々の仕事はどんどん楽になっていく——かというとこれがそうは行かないのが文明というものの馬鹿みたいなところで、実際の話、仕事はどんどんしんどくなってきているというのがほとんどの人の実感じゃないだろうか。大学教師なんて世間の水準からすれば圧倒的に暇な方だろうが、それでも僕だって、日曜日まる一日仕事を休むことなんて一年に一度あるかないかである。この際、正統派ユダヤ教徒にでもなって安息日を決め込むのもいいかなと思ってしまうが、考えてみれば、安息日には働いてもいけないが遊んでもいけないわけだ。やっぱり無宗教ニッポン人のままでいた方がよさそうである。

リオ・ロステンの *The Joy of Yiddish* という本にこんな話が載っている。ユダヤ教の聖職者のことをラビというが、あるところにゴルフが大好きなラビがいた。ところがこのラビ、仕事が忙しくて好きなゴルフもなかなかできない。と、ある安息日に、ゴルフをする絶好の機会が訪れた。心のなかで神の許しを乞いつつ、ラビはゴルフ場に飛んでいったが、運悪く、プレーに興じているところを天国にいるモーセと神に見つかってしまった。

「けしからんことです、安息日にゴルフとは、しかもラビたる者が！」とモーセはカンカンに怒って言う。

「うん、まあ、そうだな」と、神。

「あのような非業が許されていいものでしょうか！」と正義漢のモーセは神に詰め寄る。

「うん、じゃ、まあ罰するか」と神は面倒くさそうに言って、天からものすごい疾風を地上に送る。風がラビの打ったボールを空高く舞い上がらせ、ボールはあれよあれよと飛んでいき、スポンと穴に入った。ホール・イン・ワン！

「神よ、あれのどこが罰なのです？」と生真面目なモーセは憤懣《ふんまん》やるかたない。

「考えてもみなさい」と神は言って、ニヤっと笑う。「ラビが誰に話せるというのかね、安息日にホール・イン・ワンをやったことを？」

死んでいるかしら

自分はもう死んでいるのではないだろうか、と思うことがときどきある。

朝早く、駅へ向かって自転車のペダルをこぎながら、角を曲がるときなどに、ふと、僕はこないだの朝こうやってここの角を曲がろうとして、実は大型トラックと正面衝突して死んだんじゃないだろうか、という思いに襲われたりするのである。

要するに寝ぼけているだけの話かもしれないのだが。

これはたとえば、自分がいまここにいることへの微妙な違和感というか、生に対する根源的な疎隔感というか、生きていることを日頃からどうも実感できずにいるという、いわば存在論的次元などとは違う話である。

むしろ、もっとずっと単純に、えーと何か大事なことを忘れてる気がするんだけど何

だったっけかなあ、といった、脳味噌の背中のかゆい所にもうちょっとで手が届きそうなんだけどいま一つのところでどうしても届かない、そんな感じなのである。

もともと能力的に、一つひとつの用事をきちんと順番にこなしていく几帳面さが欠けている上に、職業的にもそういう訓練をまるで受けていないので、目の前につぎつぎ出現する雑務を行き当たりばったりにこなす毎日が続いている。やらなくちゃいけないことは、いちおうメモくらい取るのだが、そのメモも、そこらへんに転がっている紙に適当に書きなぐるため、あとで見ると何のことやらさっぱりわからない。「資料揃《そろ》えること」「内容検討してFAXすること」……何の資料？　何の内容を検討するの？　誰にFAXするんだ？　ポケットを探ると、誰のものとも知れぬ電話番号、何があるかもわからぬ日時を書いた紙切れがつぎつぎに出てくる。

そういうずぼらな有様なので、当然、しょっちゅうボロが出る。今日中に提出しないといけない試験問題やら書類やらを作り忘れたり、別の用事が入っているのを忘れてダブルブッキングしてしまったり。一日に一度は、「あ、いけね！」という言葉が口をついて出ることになる。

というわけで、まさしくそういう具合に、自分が実はもう死んでいることを忘れていたんじゃないだろうか、と一瞬思ってしまうのである。「いけね、俺、死んでたんだっけ！」

で、そのつぎの瞬間、いやいやそれは気の迷いというものだ、僕はこうしてちゃんと生きておるではないか、という確信が戻ってくるかというと、そこのところもいま一つ自信がない。さっき言ったように、生に対する根源的な疎隔感とかいった高級な感覚があるわけではないが、さりとて、「僕はいま、ここで、こうして生きているんだー!」と叫べるような確固たる生命感を抱いているわけでもないのだ（例外的に、それに近い感触を持てるのは、日当たりのいい部屋に寝転がって、陽の光を背中に浴びているときである。「幸福とは、日当たりのことである」というのが僕の唯一の個人的哲学なのである。前世は亀だったのだ）。

たしかに、もし死んでいるのであれば、まわりの人が何か言ってくれそうなものだ、ということも考えられる。しかし、「もしもし、あなた、社会の窓が開いてますよ」というのがなかなか言いづらいのと同じように、こういうことは案外、他人からは言いにくいものかもしれない。だから実は、僕のまわりの人は、「もしもし、あなた、死んでますよ」と教えてくれたくてうずうずしているのだけれど、どう切り出したらいいか、なかなか思いつけずにいるかもしれないのである。

昼休みの教官談話室で、同僚たちが幕の内弁当を食べながら話している。

「柴田君、なんか最近ずいぶん張り切ってるみたいだけど、あの人もう死んでるわけでしょ」

「そうなんだよ、死んでるのにあんなに頑張っちゃってねー、気の毒になっちゃうよ」

「山田君、君、研究室隣だろ、言ってやればいいじゃないか、あんたもう死んでるんだよって」

「やですよ私、そういうことはやっぱり、主任から言ってもらわないと」

「いやー、こういうのは個人的な話だからさ、主任とかそういうことじゃなくてさー」

「やだよねーやっぱり、あなた死んでますよなんて言うの」

「どういう顔するだろうねー、死んでるってわかったら」

「ショックのあまりもういっぺん死んじゃったりして」

「ぎゃははは一」

薄情な奴らめ。しかし、僕は人気教師である。学生はもうちょっと情に厚いはずだ。

「柴田先生ねー、もう死んでるのに頑張ってるわよねえー」

「うん、ほとんど感動的だよねー」

「だけどさー、ちょっとさー、見ててつらくない?」

「そうそう、居たたまれないって言うかねー」

「下手に教えてあげてさー、単位もらえなくなっても困るしねー」

「ねー」

「仲間の先生とか、言ってあげればいいのにねー」

「そうよねー」

「でもさー、大学の先生ってさー、よく見るとみんな死んでない?」

「ぎゃははは!」

国際親善ばんざい

英語教師のくせに、英語を喋るのが億劫《おっくう》になることがよくある。いかんなあこんなことじゃ、と前は思っていたのだが、考えてみれば僕は、日本語だってしょっちゅう喋るのが億劫になるのである。お店でも好きなのはレコード屋と本屋とスーパーマーケット。誰とも口をきかなくて済むからだ（レコード屋や本屋の店員さんが、すすっと寄ってきて「いらっしゃい、ドリカムの新譜いかがです、いますごく出てるんですよ」とか、電卓片手に「『晏子《あんし》』どう、三巻まとめてなら安くするよ」とか言ったりしたら悪夢ですよね）。

だから、英語を喋るのが面倒なのも、語学力の問題ではなく（少なくとも、それだけではなく）性格上の問題であるわけだ。それに気づいたら、少し気が楽になった。むろんある意味では、問題の根はより深いということになるわけで、もっと悩んでしかるべきかもしれないのだが、四十になっていまさら性格上の問題で悩んだって仕方ない。

とはいえ、こんなに人と話すのを面倒がる人間が語学の教師なんかやってていいんだろうか、とうしろめたい気持ちがいつも頭のどこかにあるのは確かだ。コミュニケーションの道具について教える人間は、コミュニケーションというものを基本的に善と感じているべきだろう。でも僕はどうやら、ごく限られた人間との、ごく限られた形でのコミュニケーションしか欲していないように思える。特に情緒面においてコミュニケーション能力の欠如が著《いちじる》しく、たとえば赤ん坊を前にしたりすると、宇宙人と対面したみたいにとまどってしまう。何かの間違いで他人の赤ちゃんを抱かせてもらったりすると、ほとんど爆弾を抱えたみたいに硬直してしまうのである。

先日あるところで、勤務先の大学での英語教育の実態について話をしたとき、「国際親善や相互理解を深めるために、英語教育はどうあるべきだと思われますか」と質問を受けた。そんなことは考えたこともなかったので、「そんなことは考えたこともありません」と答えたら、「いやーそういう正直なところが柴田さんの素晴らしさですねえ」とはもちろん誰も言ってくれず、ただシラ〜っとした空気が流れただけであった。でも僕としては、国際親善とか相互理解とかいうことを、自分がいかにどうでもいいと思っているかをその時はじめて実感できたので、なかなか面白かった。前に挙国一致とか猪突猛進《ちょとつもうしん》とかいった四文字熟語は苦手だと書きましたが、国際親善、相互理解、日米友好、文化交流といった「柔らかい四文字熟語」はどうやらもっと苦手のようです。だいたい、日本人の友だちだって数えるくらいしかいないのだ。外国人が相手になったら急に誰とでも仲よく、なんてできるわけがない。

大学生のころインドへ旅行に行ったことがある。もう二十年前のことなのでいまはずいぶん違っているかもしれないし、広い国だから地方差もあるだろうが、とにかく僕が見たインドは、旅行者にとって、やたらと値段の交渉をしなくちゃならない国という印象があった。タクシーの料金もまだメーターに移行途中だったし、宿屋とか、路上の物売りとか、とにかく何でも、これ何ルピーだい、それかいそれは○ルピーだよ、冗談じゃない△ルピーがいいとこだよ、何言ってんだい俺だって女房と子供八人抱えてんだぜまあ×ルピーまでなら負けるけどね、いやそこをもうひと声□ルピーでどうだい、といったやりとりをインドリッシュとジャパングリッシュで行なうわけで、面倒なことこの上ない。当時は僕も、これも旅の醍醐味なのだ、人と人との触れあいなのだ、とかいった言説をいちおう信じていたので、内心あーメンドクセーと思いつつも、心暖まる国際親善と相互理解を実現すべく、それなりに奮闘努力したのであった。

この手のやりとりで思い出すのが、アンドルー・サッターというイギリス人の書いた『ドライブスルー・ミュージアム』というアメリカ旅行記である。この旅行記のなかで一番面白いのは、旧ユーゴはベオグラード近郊のハイウェイを舞台とするスイカの値段交渉のエピソードだ。

農民たちが道端にスイカ売りの屋台を並べている。そのうちの一つの屋台で、ドイツ人旅行者がスイカの値段を訊ねるのだが、あいにくセルビア＝クロアチア語なのでさっぱりわからない。そこで農民はポケットからナイフを取り出し、スイカの表面に、ある数字を刻む。ドイツ人旅行者は冗談じゃないとばかりに激しく首を横に振り、相手のナイフを要求して、刻まれた数字に線を引いて消し（こういうドイツ的律儀さを私は愛する）、新たに、それよりはるかに低い値を刻む。と、農民も負けずにドイツ人が刻んだ数字を消して、はじめ自分が出した値よりいくぶん低めの、だがドイツ人が提示したそれより相当高い数字を刻む。かくして、ナイフが両者のあいだを矢継ぎ早に往復し、スイカの皮や果肉があたり一面に飛び散るなか、やがて二人の男の主張する数字はちょうど両者の中点でめでたく出会うに至った。ドイツ人旅行者は農民にディナール通貨を手渡し、いまや「第一次大戦終結時のフランドルの戦場のごとく無残な姿と化した」スイカを誇らしげに受け取ったのである。

もちろん、スイカにはもはや、食べられる部分などほとんど残っていなかったことは言うまでもない。だがドイツ人旅行者はそんなことは気にしなかった。そして我々もそんなことを気にしてはならない。かくも意義ある国際親善と相互理解が達成されたことを思えば、スイカの中身など何ほどのものだというのか？

隣り合う遠い町

「大田区」を誤って「太田区」と書く人は多い。そのように間違える人は、大田区が一九四七年、大森区と蒲田区《かまた》が合併して出来たことを知らない人である（むろん、そんなこと知ってる方が少数派なのだが）。

大森と蒲田、と聞いて外部の人にはどれくらい「違う」場所と思えるのかはわからないが、内部の人間にとっては、これはもう、全然違うのである。簡単に言えば、大森には文化があり箔《はく》がある。田園調布のような超高級住宅地は当然旧大森区だし、馬込の文士村《ぶんし》だって大森側にあったし、ついでに大森貝塚なんてのもあっていかにも由緒ある感じ。一方、蒲田には文化がなく箔がない。せいぜい、かつて松竹の撮影所があったのを誇れる程度で、どっちかというと「やくざな町」というイメージである。したがって、「蒲田ブルース」という曲は存在しうるし、実際に存在したが（歌、松井きりさ、一九七一年）、「大森ブルース」はありえない。ブルース＝演歌はガラの悪い町でしか成立しないからである。

バブル期のこと、蒲田駅前に大きなビルが建ったまではよかったが、バブルが弾けて借り手がつかず、長いあいだ駅前の一等地のビルが空っぽのままだった。これではまずいと判断した区は、当然大森側にあった大田区役所をここへ移転することに決めた。大森の住民が激怒したことは言うまでもない。蒲田は大田区の南側であり、東京といっても一番隅っこ、したがって蒲田の住民が「東京」に目を向けるとき（自分たちはほとんど東京じゃない気がしているので、この言い方は決して間違っていない）、まず目に入るのが、すぐ北の大森である。しかるに、大森の住民は蒲田を見る必要がない。物理的にはそれほど遠くないが、心情的には地の果てのように思っている節がある。口には出さずとも、何で区役所が地の果てに移らねばならんのだ、と感じたことだろう。

蒲田側はおおむね、京浜工業地帯の一部を成すと考えてよい。僕はかつて、京浜工業地帯育ちの文化人同士の対話、という企画で、日本最高のロックバンド、ムーンライダーズの鈴木慶一さん（蒲田側の町、糀谷《こうじや》の育ち）と対談するよう求められ、慶一さん相手に僕なんかではとても、と固辞したのだが、「慶一さんとあなた以外、このへんで育った文化人が見あたらない

のです」と言われて、僭越《せんえつ》ながらお引き受けしたことがある。

もちろん、そういう文化のない地域を、開き直って擁護するのは難しくない。物価は安いし、余計な気取りはないし、美味しくて感じのいい店もいっぱいある。「ユザワヤ」には東京中から買いに来るんだぞ、と胸を張ることもできる。雑色《ぞうしき》という町の商店街は、東京で三番目に安いと言われているし（一・二番目がどこかは不明）、蒲田側のほかの商店街もたいていは同じくらい安く、活気だって同じくらいある。まあでも、そういう蒲田擁護の声を聞くことはあまりない。住む町なんてべつにどこだっていいよ、というような、なんかこう、投げやりな感じが、たぶんこの地域の「持ち味」なのだ。

目クソ、目クソを嗤《わら》う

四年前から借りている、東京都大田区南部、六郷土手《ろくごうどて》ぞいのマンションは、嬉しいことに窓から川が見える。子供のころ、悪臭に鼻をつまみながらザリガニをとったりしたこの川も、最近は少しきれいになって、陽のあたり具合によっては、ほとんど美しいといってもいいくらいである。

川の向こうに並ぶ工場群の煙突が川面《かわも》に映ってゆらゆら揺れ、川のこちら側ではおじさんが犬を散歩させたり、若々しい母親に見守られながら小さな子供が駆け回ったり、暇な高校生が芝生に寝転がったりしている光景は、ほとんどスーラの世界である。「グランド・ジャット島」ならぬ「ロクゴオ・ドッテ島の日曜日の午後」。

ここは多摩川の一番下流で、あと一キロも下れば潮の匂いが漂いはじめ、二キロ下れば羽田沖に出る。このへんではかつて名前も〈多摩川〉といわずに〈六郷川〉といったのだが、どうも〈六郷〉という呼称は文化記号論的に見てポジティヴなコノテーションを伴っていないらしく（要するに、ダサい）、最近では〈六郷川〉という名もあまり聞かなくなった。川べりにマンションが建っても、「リバーサイド六郷」ではなく「東多摩川スカイハイツ」「パークハイツ多摩川」「コトー多摩川」といった名がつくことになる（「コトー」とはフランス語でブドウ畑などのある丘のこと。まあいいけどね）。

とにかく、「六郷に住んでます」とあんまり胸を張って言えるような町ではないのだが、バブル崩壊でいくぶん値下がりしたとはいえまだまだ住宅難の世の中、一応二十三区内で、都心に一時間以内、となれば住居を建てるにも買うにもけっこう穴場らしい。かくして、高度成長期のころからほとんど様変わりしていない町工場の並ぶ町に、突如瀟《しょう》洒《しゃ》なマンションが建ったりするのだが、どっこい工場の方も負けちゃいない。新築マンションの真ん前に、「ここは工場地域／当社は板金・組立工場／振動・騒音・臭気があります」なんて看板がしっかり出ていたりする。「お前ら、六郷をなめんなよ」といった凄味が感じられる。

仲六郷、西六郷、東六郷、南六郷、と四つに区分されたこの地域、基本的にどこまで行っても町工場、町工場の町なのだけれど、人間が抱く差異化への欲求というのは本当に際限がないというか、飽くなき階層意識というのはどんなところでも生まれうるというか、とにかくここに住んでいる人間にとっては、仲六、西六、東六、南六のあいだにきわめて隠微な、かつ確固たる順位づけが厳然と存在する。ありていにいえば、仲、西、東、南の順番で㊎から㊎に移行していくのである。

ちなみに私は、仲六郷育ちで、現在南六郷に住んでいます。

このうち、仲六、西六のうちどちらがより㊎であるかは、実は意見のわかれるところであろう。特にかつては、全国的に有名だった〈西六郷少年合唱団〉の存在を根拠に（これはしばしば「文化に乏しい工業地帯から生まれた合唱団」という美談として語られたものである）、西六住民は自己の優越性を主張したが、仲六住民は多くの場合、「西六は山に近いから」と取りあわなかった。

もちろん、差別といっても、たとえば食堂で「東六のモンは来るんじゃねえ」と追い出されるとか、薬屋で「南六の人間に売る薬はないよ」と塩をまかれる、といったあからさまな形でそれが展開されるわけではない。むしろそれは、仲六の住民に向かって「私、南六郷に住んでまして」と言ったときに相手が一秒のほんの何分の一かふっと目をそらす、といったきわめてさりげない形で実践される。あるいは、こんな具合に――

A（戦前から仲六に住んでいる、工場経営主の妻）おたくさん、どちらにお住まいで？
B（最近南六に越してきたサラリーマン）南六郷です、六郷水門のあたりの。
A ふうん、すると、うちの工場があるあたりかね。（あのへんにも人が住むのかねえ、とほとんど感心したような口調）
C（Aの孫）おばあちゃん違うよ、もっとね、ずっと向こう。（と言ったあと、何となく、いけないことを言ってしまったことを子供心にも悟ったような表情）

では、仲・西・東・南の四区域のあいだに、実質的にはどんな差異が存在するのか。まあたしかに、仲六郷には比較的工場が少なく住宅が多いということはある。たとえば南六はほぼ一帯「工業地域」であり、東六・西六も大半は「準工業地域」であるのに対し、仲六郷はその四分の一程度が「第1種住居地域」である。とはいえ、その程度の差異は、たとえば（同じ大田区とはいえまったくの別世界である）田園調布の住民から見たら、目クソと鼻クソほどの違いもありはしない。差異はあるものではない、作られるものだ、というのはポスト構造主義の基本的教訓のひとつだが、その伝でいけば六郷地域は、昔からばっちりポスト構造主義していたのである。

ところで、川の向こうの川崎市に並ぶ工場群のなかで一番大きいのは某化学調味料メー

DANTE
ME
LEOPARD
VERGILIUS

カーの工場で、南風が吹くときなどは川向こうから独特の匂いが漂ってくる。一度だけ、自転車で川向こうの土手沿いの道を走ったことがあるが、その無類の匂いには大きな感銘を受けた。建物ごとに作っている食品が違うらしく、味噌汁のような匂い、コーンポタージュのような匂い、グラタンのような匂い、とさまざまな濃縮臭気が代わるがわる鼻をつくのである。走りながら、そろそろおいとましたいとは思うものの、そのあたりは土手がほとんど絶壁のようになっていて、左は川、右は工場、と逃げるに逃げられず、あたかもウェルギリウスに導かれたダンテが地獄や煉獄《れんごく》を一通りめぐるごとくに、さまざまなフレーバーのフルツアーを余儀なくされたのだった。

やっとの思いで川のこちら側に帰りつき、ああ、やっぱり川崎より六郷の方がいいなあ、と南六郷の住民はつくづく思い、ここでもまた目クソ／目クソ間の差異化がしっかり行なわれたのであった。

考えもしなかった

何年か前に、あやうく妻を殺しかけたことがある。

そのころはまだ、僕の親の家のすぐそばに住んではいなかったので、妻と二人で会いにいくとなると、たいてい泊まりがけである。寒いとめんどくさいから、蒲団《ふとん》もひとつしか敷かない。で、あるとき、朝になってトイレに起きて、戻ってきて、うー寒《さむ》、もうひとねむりしよっと、と蒲団に飛び込んだら、目測を誤って、妻の身体のどこかに、思いきり膝蹴りを食わせてしまった。

妻はぎゃっと飛び上がり、痛そうに顔をしかめた。

まあそこまでなら、「おー悪い悪い」「ったく」で済んだのだろうが、話はさらに新たな展開をとげる。

というのも、痛さに顔をゆがめていた妻は、とつぜん、かっと目を見開き、体をぴんと伸ばしたのだ。まるで映画かテレビのなかで、背中を不意にナイフで刺された男のように。その瞬間、男の瞳は、長年自分にとって唯一無二の友と信じてきた相棒の裏切りを知ったことを物語っている……そして妻は、ばったり前に倒れた。

僕は落ち着き払って、表情ひとつ変えずに妻の背中からナイフを抜き……じゃなくて、いやあ、慌てましたねえ。「おい！　どうした！　おい！」と、妻の身体を意味なく抱き起こしてオロオロわめくばかり。でもとにかく、膝蹴りのせいでこうなったことはわかるので、「こんなに痛がるんだから腹を蹴ってしまったにちがいない」ととっさに判断し（我々両者の位置関係からして、蹴りが入った場所は、上はみぞおちあたりから下は膝のやや上あたりまでのどこでもありえた）、懸命に妻の上腹部をさすりながら、ドウシタオイシッカリシロをくり返していたが、妻の方は、命を代償にいまやすべての罪を贖《あがな》われた中年ギャングのように、穏やかな表情を浮かべたままぴくりとも動かなかった。

その状態がどれくらいつづいたのかはわからない。何分かつづいたのかもしれないが、たぶんほんの数十秒のことだったのだろう。いずれにせよ、妻はやがて目を開いた。

ここで時間を少し元に戻して、妻の視点から物語を語らねばならない。妻は、僕がトイレから戻ってきた時点ではまだ眠っていたが、突然、右太腿中央に何かが<u>がん</u>とぶつかるのを感じ、激しい痛みを覚えた。あまりの痛さに妻は気を失ったが、やがて訪れたのは、まるでお花畑にいるような穏やかで快い気分だった。というより、彼女は文字通りお花畑にいた。赤や黄色に咲き乱れる花のなかを、何をするわけでもなく、この世に悩み一つない安らかな気持ちで歩いていた。その場を去りたい気持ちなど、妻にはこれっぽちもなかった。

ところが、やがて、誰かの間の抜けた声が必死にわめいているのが聞こえてきた。うるさいなあ、せっかく気持ちのいいところにいるのに、と彼女は思ったが、やがて、自分が実はどこかに横たわっているのだという認識が少しずつ訪れるとともに、間の抜けた声の発信者が彼女の腹を懸命にさすっていることも認知できるようになってきた。

こうして妻は、生の世界に戻ってきた。

彼女にとって、落差はあまりに大きかった――花咲く丘に遊ぶ、えもいわれぬ心地好さから、髪振り乱し目をギラギラさせてぎゃーぎゃーわめいている夫に（痛くもない）腹をさすられているという事態への移行は。生の世界に戻ってきた彼女がまず感じたのは、軽い失望の念にほかならなかった。

それにしても、危なかった。あそこで僕が必死になって妻の体を揺さぶりギャースカその名を呼んでいなかったら、妻はおそらくあのままお花畑にとどまり、要するに死んでいたであろう、というのが我々二人の見解である（実は案外、トンチンカンに腹をさすったのが功を奏したのかもしれない。Who knows?)。

そしてもしあそこで妻が死んでいたら、その後の僕の人生はどうなっていただろう。尋常な死に方ではないから、まず警察の取り調べが行なわれたであろう。死因が解明され、とりあえず殺意はなかったことが明らかになって、ひとまずは無罪放免ということになっただろう。大学教師の妻、ということで新聞の死亡欄にも載っただろうか。死因はどう書く？　右太腿打撲によるショック死？　これは怪しい、と三流ジャーナリズムが目をつけて調査に乗り出し、その結果判明した我々の私生活のあまりの退屈ぶりにうんざりしながらも、僕の派手な女性関係とか女子学生たちの憧れの的であったこととか、ないことないこと書き立てたかもしれない。まあそこまで行かなくても、大学内で「実はね……」とまことしやかな「真相」が流通し、同僚たちの視線が何となく冷ややかになって、無言の圧力に屈して僕は追われるように大学を去ったかもしれない。文筆業で食っていこうにも、陰湿な殺人者かもしれない男、というじめじめと暗いイメージはますます広がっていき、そうなると出版界なんてのは実に狭い業界であるからしてあっというまにそれが共通認識として定着し、エッセイの依頼も翻訳の依頼もバッタリ来なくなる。こうなりゃ仕方ない、と

昔とった杵柄《きねづか》で受験産業への復帰を企てるものの、「いつ人殺し呼ばわりされるか」とびくついている気持ちは授業にも確実に反映し、「あの先生、暗い」と生徒の人気は芳《かんば》しくなく、「元東大助教授」の肩書きもむなしく（ここが受験産業の大学産業より健全なところだ）あっさりクビ。肉体労働をやろうにも、なまくらな肉体は普通人の十分の一も役に立たず……かくして僕は、殺意なき膝蹴りがもとで、悲惨な末路をたどったことだろう。

——と、その後に起きえた事態をあれこれ口に出して検討していると、それを聞いていた妻が、「あのさ、最愛の妻を失って、悲しみのあまり男は仕事も手につかず、毎日泣いて暮らしました、とかいう可能性はないわけ？」と言った。

そっかー……そういう線もあるのかー……

考えもしなかった。

原っぱで

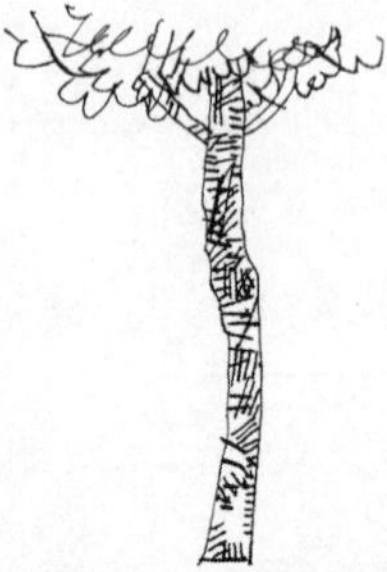

事務機器を売る会社の営業マンが、たまたま仕事で、生まれ育った町に来る。久しぶりだなあ、と思いながら男はすっかり様変わりした町を歩く。そのうちに、子供のころよく野球をやった原っぱが目の前に現われる。

おかしいな、ここ、フィットネスクラブになったんじゃなかったかな、と男は母親から聞いた話を思い出しながら考える。それとも駐車場だっけ。雑草がぼうぼう伸びて、ガムの包み紙や都こんぶの空き箱が転がっている。

向こうの方で、子供たちが野球をやっている。みんな半ズボンに安物の運動靴をはいている。何十年も前に男が遊んでいたころとそんなに変わらない。男はちょっとなつかしくなって、おおい、僕も入れてくれよ、と子供たちのところに寄っていく。攻撃側チームの子供が、唯一残っているグラブ――どうやら人数分はないらしい――をしぶしぶ差し出す。

小さすぎるグラブを何とか左手に押し込んで、男はライトに立つ。ほかのポジションはどこもふさがっているようだし、ライトにはあまりボールも飛んでこないけれど、男としてはこうやってグラブを持って原っぱに立っているだけでとりあえず満足だ。ピッチャーの子供はなかなかストライクが入らず、ボールはライトはおろかどこにもなかなか飛んでこないが、男はそれも気にならない。両手を膝に置いて、前かがみの姿勢で構えていると、子供のころにもこうやっていっこうにボールの来ないライトを守っていた記憶がよみがえってくる。六年生あたりになると塾へ行く奴が増えてきて、メンバーを集めるのも結構大変だった。国鉄アパートに住んでいた××は父親が死んでよそへ引っ越していった。そんなことを考えているうちに、男はだんだん子供に戻ったような気がしてくる。何だかグラブもさっきよりきつくないみたいだ。足下を見下ろすと、いつのまにか、半ズボンに、買ってもらったばかりの月星印の運動靴をはいている。大してうまくもないくせに――うまけりゃ万年ライトになったりはしない――ちょっと高級な靴をはいている彼を、みんなは白い目で見ている。

ぼんやり下を見ていると、まわりから声が聞こえる。珍しく彼のところにボールが飛んできたのだ。低く上がったフライが、彼の左手前に落下しようとしている。彼はあわててグラブを差し出すが、間に合わない。ボールは石ころだらけの地面を弾んで、原っぱのわきのドブに落ちていく。あわてて拾いにいく背後から、下手っぴいだなあ、大人のくせに、という声が聞こえる。どうやらはた目には相変わらず大人らしい。借りたグラブを汚さぬよう地面に置いて、男はそろそろとドブに降りていく。ドブは結構深く、黒く濁った水が川のように流れている。幸いボールは、ドブに沈みかけた自転車の残骸《ざんがい》に引っかかっている。ドブに沿った狭い土の帯の、缶カラや煙草の空箱のあいだをそろそろと危なっかしい足どりで歩きながら、男は錆びたハンドルの前にやっとたどり着き、上半身をめいっぱい前につき出してボールを拾い、みんなのところへ戻っていく。おっせえなあ、もう、と子供たちはぶつぶつ言いながら彼からボールを受け取り、試合は再開される。ピッチャーは相変わらずノーコンで、仕方なく相手チームのピッチャーが掛けもちで投げることにする。今度はもう少しストライクが入る。スピードもあるので、ボールはなかなか前に飛ばない。一度、ファウルボールが大きくうしろに飛んで、近所の家の窓ガラスをあやうく割りそうになる。すいませんボール取らしてくださーいと叫んで、一人の子供が家の庭に入っていく。

そのうちに、誰かが、おい、○○はどこだ？　と言ってあたりを見回す。もうすっかり忘れていたが、○○は男の子供のころのあだ名だ。どういう意味かはわからないし、どうしてそんなあだ名がついたのか本人も覚えていないが、小学校のあいだずっとその名は彼にくっついていた。担任の先生までも彼をそう呼んだ。

僕ならここにいるよ、と男は叫ぶ。ほとんど自分の物みたいにフィットするグラブを左手から外して、宙に掲げて振り回す。

違うよ、おじさんなんかじゃないよ、○○だよ、と子供の一人が言う。

だからさ、僕だよ、○○だよ、と男は言って、自分でそのあだ名を口にするのはこれがはじめてだと思い当たる。自分で言ってみると、何だか間の抜けた感じがする。

アホな大人にはつきあってらんねーよという顔でその子はそっぽを向くが、別の一人が、何だか険悪な顔で彼をじっと見ている。おじさん、○○をどうしたんだよ、とやがてその子が言う。○○のこと、どこに隠したんだよ。

そういえば○○の奴ライトにいたよな、そうだよあいつ いつもライト守ってるんだよ、とほかの子供たちも口々に言う。みんなが怖い顔をしてじりじり寄ってきて、彼を取り囲む。男は何か言おうとするが、声が出ない。おい、おっさん、○○をどうしたんだよ、と両チームのピッチャーを掛けもちしていた子供が、彼の襟元をつかむ。おっさん○○をどうしたんだよ、という言葉がまわりで呪文のようにくり返される。

と、自転車に乗ったおまわりさんが通りかかり、何ごとかと寄ってくる。こらこら喧嘩はやめんか、と警官はじめ言うが、事態を見てとるやいなや、たちまち子供たちの味方に回る。その顔が、嫌いだった六年生のときの担任の顔であることに男はほとんど白けた思いを覚える。◇◇君、○○をどうしたんだね、と警官は男を名字で呼びながら問いつめる。知りません、と男はやっとのことで答えるが、警官も子供たちも納得しない。○○はいつもライトを守っていたんだ、ほかはどこも守れやしないからね、そのライトに君がいたんだ、君が○○をどうかしてしまったにちがいないんだ、と警官は言う。そんなこと言ったって知らないよ、と男はベソをかきながら答える。

「なら仕方ない、力ずくでやるしかないな」と警官は言って、男の喉に手をつっ込み、ぐんぐんぐんぐんその手を下ろしていき、何か大きなかたまりを引っぱり上げる。やがて口から月星印の運動靴が出てくる。新しい靴が濁った水で濡れているのを見て、自分があのときドブに落ちて死んだことを男は思い出す。

クロコダイルの一日は

クロコダイルの一日は日光浴から始まる。夜間は水中にとどまり、日の出とともに水から出て堤に横たわり日光浴を行う。体温が上昇すると日陰か水中に移り、極端な体温の変化を避ける。夜は岸辺近くの浅い水中に潜み、眼と吻端《ふんたん》のほか鼻孔《びこう》のみ水面から出して、水飲場にやってくるアンテロープなどの獲物を待ち受ける。強力なあごと鋭い歯で獲物にかみついた後、四肢をふんばって獲物を水中に引きずりこみ窒息させる。大きな獲物は口でくわえたまま、体を回転させる「ワニのツイスト」によってねじり切って食べる。

(『平凡社世界大百科事典』より「クロコダイル」)

クロコダイルの一日は日光浴からはじまる。僕の一日は人参ジュースを作るために泥付

き人参を洗うことからはじまる。自分と妻のために朝のジュースと紅茶を用意するのが現在僕が唯一毎日行なっている家事である。人間はクロコダイルより高等な動物のはずだから、人間の方がよりよい一日のはじまり方をしてもよさそうなものだが、これがなかなかそうも行かない。でも人参の泥洗いからはじまるのはきっとまだましな方で、もっとひどい一日のはじまり方だっていっぱいあるのだろう。満員電車で隣の人のウォークマンから漏れてくる都々逸《どどいつ》を一時間にわたって（オートリバースがないころはもう少し楽だった）聞かされるとか、掃除をする見知らぬ老婆の愚痴を聞かされるとか。人参の泥洗いくらいで済んで感謝すべきなのだ。

それに動物だって、みんながみんなクロコダイルみたいに、いい一日のはじめ方をしてるわけではなかろう。クロコダイルにいちばん近い動物はいうまでもなくアリゲーターであり、そもそも日本語ではこの両者を「ワニ」と同じ名で呼んでいるくらいだし、日本語を知らないアメリカ人が Thank you を日本語で何というのかと人に訊ねたら「alligator といえばだいたい通じますよ」と言われてオオそうかと思い、いざ言う段になったら「おお、クロコダイル」と言ってしまった、という言い古されたジョークがあるくらい英語圏においても両者は混同されがちらしいのだが、『平凡社世界大百科事典』で「アリゲーター」の項を見ても、「アリゲーターの一日は日光浴から始まる」という記述は見当たらない（ちなみに、執筆者は「クロコダイル」も「アリゲーター」も松井孝爾《たかじ》氏。いずれも大変見事な記述である）。

もちろん、クロコダイルとアリゲーターは違うという議論を成り立たせる言説も存在する。日本で「鬼の目にも涙」といえば真摯《しんし》な涙の代表であるが、西洋でワニの目に涙が浮かぶとしたらそれは偽善の涙である。これをcrocodile tearsといって、alligator tearsとはいわない。シェークスピアなどにも登場する俗信であるが、クロコダイルは嘆き悲しんでいる人のように涙の声を上げて旅人をおびき寄せ、食べてしまうといわれる（しかも、食べながらサメザメと涙を流す）。一方アリゲーターは、"See You Later, Alligator"というビル・ヘイリー一九五六年のヒット曲があるように、「別れを告げるにふさわしい動物」というクロコダイルにはない独自のイメージがあって、ビル・ヘイリーの歌にしても、彼女が町でよその男と一緒に歩いていたのでオイいったいどうなってんだよと問いつめたら、"See You Later, Alligator"とあっさりふられてしまった、という、まあ、はっきり言ってとても阿呆な歌なのだが、そもそもクロコダイルとアリゲーターのもっとも根本的な違いはクロコダイル科は概して獰猛《どうもう》でアリゲーターは比較的大人しいことだというから、クロコダイルの場合は下手に袖にしたりするとアトが怖いけどアリゲーターならまあいいやという感じで「別れを告げるにふさわしい動物」というイメージが定着したのであろう、というのは全部デタラメで、これは単にlaterと韻を踏む言葉としてalligatorが選ばれているだけの話で、実のところ“See You Later, Elevator”でもいっこうに構わないのであり、アリゲーターの比較的大人しい性質とも（ただしアリゲーターの一種でアマゾン流域に分布するクロカイマンは性質が荒く危険なので要注意）、あるいはクロコダイルに較べてアリゲーターの口が幅広く扁平《へんぺい》で先端が丸いこととも一いっさい無関係なのである。

　まあとにかく、話を戻すと、人参の泥洗いくらいで済んで感謝すべきなのであって、僕だって前はこうは行かなかった。朝起きるとまず、二人の男が待ちかねたように家のなかに入ってきて、僕の腹を切っていったのだ。大きい男と、小さい男とかならず二人でやって来て、小さい方の男が細いナイフですうっと僕の腹に十五センチばかり横に切り目を入れて、なかから新聞とか、ニンニク絞りとか、いまどき誰も使わない八インチのフロッピーディスクとか業務用の特大トマト缶とか、伝書バトとか歳末大売り出し福引補助券とかを取り出していったのだ。そりゃあ腹を切られるんだから、痛くないと言ったら嘘になる。でも男のナイフさばきは実に見事で、腹を十五センチ切開されるにしてはその痛みは驚異的に小さいといってよかった。切り口がきわめて繊細であるため、ゴムに針を刺しても針を抜けばまた穴がふさがるように、腹の裂け目はあっというまに元に戻り、五分もするともう見た目にはわからなくなっていた。切ってみるまでは、腹から何が出てくるのか誰に

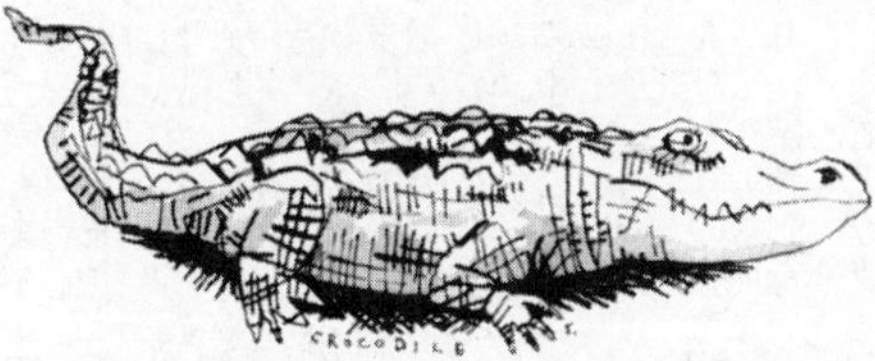

もわからなかった。

スコットランドに生まれ育って現在はカナダに住んでいる作家エリック・マコーマックの短篇「地下室の視察」に、魔女と疑われた美しい女性が腹のなかからいろんな物を吐き出す場面がある。「我々のファイルによれば、彼女が吐き出したのは——マレー鰻《うなぎ》四匹（長さはいずれも一フィート半）、毛糸七かせ、虹のあらゆる色（それが蛇のように撚《よ》りあわせてある）、骨の把手《とって》がついた肉切り包丁、弾の入った四十四口径自動拳銃、猫と犬の毛を固めた玉一ダース（色は主として薄茶と黒）、それぞれ直径六インチの、彫刻を施した花《か》崗岩《こうがん》三つ（彼女はそれらを、蛇が卵を吐きもどすように嘔吐《おうと》したという）、牛、馬、兎をはじめとする動物の糞（量は不明）、何パイントにも及ぶ血、これは医者が調べたところでは彼女の血液型ではなかった……」といった具合にえんえんつづく。

この小説では、彼女をはじめとする何人かの人物たちが、いわば「歪んだ想像力」（まあマコーマックの場合歪んでいない想像力というのはまずありえなくて、この言い方はほとんど同義反復なのだが）の罪で幽閉されている。腹から毎日違った物が出てくるようになったとき、僕もまずこのマコーマックが描く女性のことを考えた。けれども僕の場合、歪んだものであれまっとうなものであれ、想像力なんて気のきいたものがそこに介在していそうには思えなかった。大きい方の男が説明してくれたところでは、なぜか僕の腹を通って、別の世界のいろんな事物がこの世界に混入しているらしいということだった（迷惑だよ、まったく）。彼らは毎日僕の腹から出てくる物を持ち帰って、その別の世界とかいうやつを少しずつ再現する作業にいそしんでいた。本当は腹を開けっ放しにしておいた方が事物の流入がスムーズなのだが、腹が冷えてしまうのでそうも行かないという話だった。「君が腹痛を起こしてしまっては申し訳ないからね」と彼らは言った。毎日人の腹を切っておいてよく言うなあ、とも思ったが、考えてみればたしかに、科学的・歴史的重要性からして、人ひとりの腹を開けっ放しにしておくくらいの価値は十分ある。僕としては、彼らの心配りに感謝しないわけにはいかなかった。

ところがある日、二人の男が現われなかった。その次の日も、そのまた次の日も。日曜祭日はむろん、盆にも正月にもかならず来ていたのに、おかしいなあ、と思いながら何日か経ったある日、大きい男が一人で現われた。そして彼が言うには、実は小さい方の男が、伊豆のバナナワニ園に行って（僕は最初「バナナは二円」かと思って何のことかさっぱりわからなかった）ワニにちょっかいを出して手をかまれてしまい、ナイフがしばらく使え

なくなってしまった。申し訳ないが彼の手が回復するまで待ってほしい、という話だった。待つも待たないもない。僕にとってはどうでもいいことだ、と思っていたらこれがとんでもない間違いだった。

腹を切られなくなってからも、どうやら別の世界からの事物の流入は同じようにつづいていたのだ。二カ月ばかりは何ともなかったが、その後次第に、僕の腹がふくらんできて、腹のなかで何かが動いているのを自分でも感じるようになった。

腹はどんどんふくらんでいき、僕はレイモンド・カーヴァーの「でぶ」に出てくるデンヴァーから来た男みたいな姿になり果てたが、小さな男の手の傷はいっこうに直らなかった。バナナワニ園のワニ（どうやらクロコダイルだったらしい）は、久しぶりに「ワニのツイスト」を踊る機会を得て、ここを先途《せんど》と、めいっぱい、男の手をかじりとる寸前まで踊りまくったらしかった。

こうして、十カ月と十日ばかり経ったある日、腹の痛みは激化した。大きな男と僕自身がなすすべもなく見守るなか、腹は見る見るふくれ上がり、とうとう破裂した――そしてなかから、この世界がまるごと飛び出してきたのである。この世界に住む方の僕は、朝起きるとまず、人参ジュースを作るために泥付き人参を洗うことから一日をはじめていた。

クロコダイルの一日は日光浴からはじまる。僕の一日は人参の泥洗いからはじまる。文明が進歩して暮らしはどんどん快適になっていくはずなのに、日光浴から一日をはじめられる文明人はほとんどいない。文明なんて結局のところ、プラマイゼロってところじゃないのか。人参の泥洗いぐらいで済んで本当によかった、と僕はつくづく思うのである。

エントロピーとの闘い

エントロピーに関する入門書を読んだとき、数式を使った本格的な説明の部分は歯が立たなかったが、「机の上を片付けるには多大なエネルギーが必要だが、散らかすには何のエネルギーも要らない。これがエントロピーである」という趣旨の比喩的説明は大変よくわかった。自分の机の上がどうして片付かないのか、科学的根拠を与えてもらった気がした。本を読んでいて、あんなに救われた思いがしたことはない。

一個人の机の上であれ、地球全体であれ、閉じたシステムにおいて、世界は時間の流れに沿って秩序から無秩序へ向かう。すなわち、エントロピー（でたらめさ）は時間とともに増大する。物理の法則のなかで、生活感覚的にこれほど共感できるものもほかにない。

そう、机の上は片付かないのだ。そう、部屋は散らかるのだ。文明とはしょせん、エントロピーとの負けいくさにおける、時間的にも空間的にも部分的な勝利にすぎない。そう考えると、とても気が楽になる。

そんなわけで、大学院生のころ、院生仲間だったH氏の部屋を訪ねたときは大きな衝撃を受けた。何しろ、部屋じゅうどこも、実にきちんと片付いているのだ。物一つひとつが、「箇ちゃんとあるべき場所にある感じ。「どうしてこんなに片付いているの?」と訊くと、「簡単ですよ。物を新しく買うごとに、その置き場所を決めてしまうんです」と単純明快な答えが返ってきた。「でも、置き場がどこにもなかったら?」「いまある物を何か捨てて、置き場を作ればいい」

なるほど、と思ったが、いざ真似しようとしてみると、僕の所有物の大半は、もともと定まった居場所をどこにも持たず、流浪《るろう》の民のように部屋のあちこちを転々としていることが判明した。それらすべてに定住の場を与えるのは、パレスチナ難民問題を解決するよりも困難だった。それにまた、新しく入ってくる物たち（それらは僕の意志とは無関係に次々と流入してきた）に定住地を与えようとすれば、先住者との摩擦が生じないわけにはいかない。どちらかを追放するだけの政治的決断力も僕にはなかった。やはり科学的真理には逆らえない。結局、エントロピーが増大するに任せ、Let It Be の精神で生きることにした。

　とはいえ、それにしても、あまりに片付かなさすぎるんじゃないか。いくらなんでも、ここまで散らからなくてもいいんじゃないか。本、書類、学生のレポート、自分の原稿、ペン、鉛筆、付箋紙《ふせんし》、消しゴム、電子辞書やパソコンのコード類、ミルキー、ティッシュペーパー、コーヒーマグ……いくら整理に努めても、物たちはたやすく外界から侵入し、本来の場から逸脱し、居座るべきでない場に居座り、こちらがそれらを必要とするときには巧みに行方をくらます。どうも僕の机の上では、エントロピーの法則が五割増しで機能しているように思えてならない。

　あまりにエントロピーが増大すると、さすがに仕事にならない。『現代用語の基礎知識』（自由国民社）を見ても、「エントロピーの小さい状態は、エネルギーの大きい状態と同様に仕事をする能力を持つ」。僕の場合、エントロピーはきわめて大きい状態にあり、かつ僕自身のエネルギーはきわめて小さい状態にあるから、「仕事をする能力」が著しく欠けていることが科学的にも確認されるわけであるが、それでも時には、負けいくさと知りつつ、秩序へのささやかな意志を発現させる。要するに、片付ける。燃えるゴミと燃えないゴミをそれぞれ袋に入れ、ビンやカンを隣の団地の集積所に持っていき、回収日に備えて紙ゴミを紐でしばると、心が洗われる思いがする。自分が少し真人間になった気がする。だから、昨年新聞で、貯めに貯めたゴミを一念発起して捨てようとしたもののあまりの量に近所のゴミ集積場に出すこともままならず、仕方なく裏山に捨てたのがバレて逮捕された会社員の話を読んだときには、心から同情したものである。

この会社員の貯めたゴミは重さにして六五〇キロだったが、一九七九年、シカゴに住む六十七歳の女性が貯め込んだゴミは総量十トンに及んだ。『週刊プレイボーイ』（集英社）七九年十一月二十日号によれば、悪臭の苦情を受けた衛生局の係員が行ってみると、家じゅう高さ一メートル半のゴミの山。一九四〇年代にはじまる古新聞、キャベツを中心とする生ゴミ、無数のビンやカン……下からはベッドが二つ出てきた。この女性、三十年にわたり清掃婦として働いたが、帰ると毎日くたくたで、自分のゴミを出す気力はとうてい残っていなかったという。

だが、物を貯め込むことにかけては、一九〇九年から四七年にわたってニューヨークで隠遁《いんとん》生活を送り、総量一二〇トンに及ぶ物品を貯め込んだコリヤー兄弟の右に出る者はいまい。この驚くべき兄弟については、別章を設けて語らねばならない。

SATOSHI

Hey Skinny!

ねじり鉢巻きに、青カビみたいな無精《ぶしょう》ヒゲを生やした、ほとんど鼻毛が飛び出して見えそうなおじさんが、いかにも昭和的に明るく空を仰いでいる。その横に手書きで、

今日も元気だ　たばこがうまい！

のコピー。昭和三十二年に作られた、古典的なタバコの広告である。あまりにも有名なその一言の上に、『いこい』の箱。見ればおじさんの耳にも、『いこい』が一本はさまっている。青カビに囲まれた口元を見れば、前歯にしっかりヤニが付着している。

——ああ、時代はわかりやすかった。翻《ひるがえ》って、現代の広告を見よ。ねじり鉢巻きに無精ヒゲとはおよそ違った、さらりと長い髪のカッコいい女の子が出てきて、かたわらに「キモチよくなきゃ！」というコピー。彼女の耳にはもちろんタバコなんかはさまっていないし、口はとじているから確認はできないがきっと歯にヤニがついてもいないだろう。だいたいこの女性がタバコを喫《す》っているところだって、実はけっこう想像しにくい。しかも広告には、大きく「未成年者の喫煙は禁じられています　あなたの健康を損なうおそれがありますので吸いすぎに注意しましょう」なんていう自己否定的文句もいれなくちゃならない。あーややこしい。タバコのタバコ性を自発的・他発的に否定しつつ購買欲をそそらなくちゃならないんだから、平成のタバコ広告作りも大変である。「今日も元気だ」で済んでいたころとは大違い。昭和は遠くなりにけり。

そもそも現代の、あたかもタバコの広告であることを忘れたような顔をした広告は本当に効果があるのか、という問題もあるだろうが、まあ門外漢にとってはさしあたりどちらでもよい。生物学者のジャレド・ダイアモンドは、動物行動学の「ハンディキャップ理論」――たとえばクジャクの派手な羽根など、生存上不利なはずの要素を雄が誇示することによって、自分の強さを雌にアピールし（オレはこんなに肉食動物の目につきやすいものを持っていても、立派に生きていられるんだぜ！）、結果的には子孫を残す上でプラスに働くという理論――を人間に適用して、マルボロの広告のような、男らしさを誇示した広告の効能を説明している。「おれはこんな体に悪いものを喫ってても、こんなにマッチョでいられるんだぜ！」。でも「キモチよくなきゃ！」は、この理論で説明できそうにない。まあ、こっちとしては他人事《ひとごと》であるからして、なんとなく感じがよければそれなりに効果があるのかな、くらいに思うだけである。

一方、「今日も元気だ」のころを考えると、何となく印象としては、学者が立派な学説を持ち出して広告を「解読」する必要もなく、時代は今日よりずっとシンプル、昔はよかったなあ……とお決まりの感慨に行きつきそうに思える。でもたとえば広告の国アメリカでは、実のところ二十世紀初頭からすでに、広告業界の人々は当時の実験心理学の成果などを取り入れて（ま、大方は顧客をもっともらしくだますためだったと思いますけど）、それなりにソフィスティケートされた方法で広告を作っていた、とモノの本には書いてあるいようで、一九四〇年～五〇年代の漫画雑誌に載った広告を集めた本などを見ると、心理学なんか知るかとばかり、とにかく「売っちまえばこっちのもんだぜ」的に、臆面もない怪しげな広告が並んでいる（Miles Beller and Jerry Leibowitz, *Hey Skinny!*, Chronicle Books）。

たとえば、「女の子にウケること請け合い！」という触れ込みの、「キスミー・ネクタイ」。昼間は普通のネクタイだが、暗くなるとWILL YOU KISS ME IN THE DARK BABY? という文字が浮き上がる。一ドル四九セント、プラス送料。「電池もスイッチも隠れてません！」

と豪語してるけど、そりゃ、ま、夜光塗料に電池やスイッチは要らないよね。

あるいは、これまた電池不要の、「ヴァイブロマチック」と称するトランシーバー。どういうふうに機能するのか不明だが（「伝導線でメッセージ・歌・音楽を送受信します」とあるから、たぶん糸電話じゃないかと思う。何しろ一組一ドルと格安なのだ）、「内気さの克服に効果があり、発声訓練にも役立ちます」と言ってのける恥知らずぶりが感銘を与える。

いちばん感動したのは、九機能の「腕日時計」である。①日時計（「真に科学的！」）②天気予報器（アーミーナイフの要領で出し入れ式。湿度センサーだろうか？）③夜光塗料付きコンパス（僕の子供のころにも、夜光塗料付きのオモチャは多かった）④巻き尺を兼ねたベルト（八インチまで計測可）⑤出し入れ式虫眼鏡⑥超小型ボールペン（「世界最小」）⑦信号鏡（日光を反射させるらしい）⑧モールス信号表⑨星座表（さすがに時計の裏面で全星座は無理らしく、「北極星の探し方を示す」のみ）。何といっても、日時計というのが泣かせる。「すいません、いま何時ですか」「いやあの、いまちょっと曇ってますから」「ああそうか、それじゃ仕方ありませんねえ」。一ドル九八セントの値打ちは十分ある。

この手の通信販売で一番有名なのは、何といっても、チャールズ・アトラスのボディビル通信講座である。「世界一完璧な肉体の持ち主」によるこの講座の広告は、海辺でたくましい男に「おい、痩《や》せっぽち！（Hey skinny!）」とののしられ、ガールフレンドを奪われた貧弱な肉体の男が一念発起してボディビルに励み、相手に復讐してガールフレンドを取り戻すという漫画がトレードマークである。いかにも嘘くさい筋立てだが、海辺でたくましい男にガールフレンドを横取りされるというのは、ボディビルをはじめる前のチャールズ・アトラス氏自身の実体験だという。ほとんど嘘八百で固めていた雑誌通販の世界だが、その核には意外な真実がひそんでいるのである。ただし、「世界一完璧な肉体の持ち主」となったアトラス氏が、ガールフレンドを取り戻せたかどうかは不明。

展覧会で

去年の春に名古屋へ行って赤瀬川原平展を見たときのこと、「宇宙の罐詰《かんづめ》」と題された作品（要するに罐詰の内側と外側がひっくり返してある空缶一ケ）が、高さ約一メートル、底辺もやはり一辺一メートルくらいの白く塗ったベニヤ製ピラミッドにちょこんと載せてあり、罐詰の内側の宇宙を見るためにはピラミッドに覆いかぶさるようにしてのぞき込まねばならない。で、ある二十代後半くらいのサラリーマンが、ぐっと身を乗り出して中を見ようとしたところ、少し乗り出しすぎてバランスを失い、体ごと宇宙に倒れこむのはどうにか避けたものの片脚をズボッとピラミッドに突っ込んでしまい、ベニヤに大きな穴を空けてしまった。周囲には僕を含めて数人の入場者がいたが、いかにもサラリーマン風の黒い革靴の先端が白いベニヤに刺さったさまは何とも赤瀬川原平的で、しかもこの展示品が鑑賞順路でいくとだいぶあとの方にあって、見る者たちの精神もすでに相当赤瀬川的メンタリティ（それが何であるにせよ）に染まっていたため、その突発的事件がほとんど赤瀬川的必然のように思えて、一同感銘を受けたのだった（たがいに確認しあったわけではないが、少なくとも僕はそうだったし、ほかの人の表情を見る限り同様の感慨を覚えていることはまず間違いないと思えた）。

もともと好きなものを選んで見にいくのだから、基本的には楽しい時間に違いないのだが、「展覧会」という場が眠気と退屈を誘う場であることは避けられないように思える。閉ざされた空間で、人の数も多く酸素が不足しがちなのも眠気の一因だろうが（同じ理由で僕はデパートにいても眠くなる）、基本的にはやはり、そこが整理・分類・意味づけのすでになされた場であるという点が大きいのだろう。そこは普通の意味での事件が生じる場ではない。だから、ベニヤ破壊事件のようなハプニングがあると、ひどく特権的な時と場に立ち会ったみたいな気になる。

……というようなことを考えながら、横浜のそごう美術館で開かれた『谷中安規《たになかやすのり》の版画世界』展の会場に先日僕はいたのであった。

僕にとってこれは実にめっけものの展覧会で、幻想とユーモアとグロテスクと抒情《じょじょう》の入り混じった谷中安規の作風が見ていてとても気持ちよく、昭和初期のカフェでそれぞれ牛とロバと猫の顔をした男三人がテーブルを囲んで何やらいわくありげな目つきで語り合う背後に笑顔の女給が立つ「魂胆《こんたん》」とか、蓄音機のかたわらで普段着姿の男が朗々と歌っている「谷中安規自画像」とか、一目で欲しくなる版画がたくさんあった。映画『カリガリ博士』への愛情が一目でわかる、自転車乗りを描いた一連の作品もよかったし、ほかの動物は結構グロテスクなのに虎だけはなぜかどの絵でも（たとえ怖い顔の不動明王に踏みつけられていても）妙に可愛いのも気に入った。

実は谷中安規の版画を見るのは、これがはじめてではない。谷中安規は内田百閒《ひゃっけん》の本の挿画をたくさん作っている人で、六興《ろっこう》出版から出ている一連の復刻本で僕もさんざん見ていたのだ。順路にそって見ていて、百閒のお伽噺《とぎばなし》集『王様の背中』の挿画が出てきて、あああの版画かと思い出した。『王様の背中』を買ったのは大学院生のころだが、話も絵もとても好きだったし、何より百閒の序文に感動した。わかっている人にはわかりきったことかもしれないのだが、次のような一節は、ない知恵をしぼってリクツ

をひねくり出さなくちゃいけないと思いこんでいた文学部の大学院生には、ほとんど啓示のように響いた。

この本のお話には、教訓はなんにも含まれて居りませんから、皆さんは安心して読んで下さい。

どのお話も、ただ読んだ通りに受け取って下さればよろしいのです。

それがまた文章の正しい読み方なのです。（原文旧漢字）

もちろん「読んだ通りに受け取」るというのがどういうことなのか、問い出せばきりがないわけで、歴史的に形成された主体を背後から支えている見えないイデオロギーの網目を解きほぐし階級性差人種等々の差異を貫く隠れた権力構造を明らかにすることこそ現代の急務であり云々かんぬんなのだが、まあそれはともかく、あんまり気に入ったので、後日、某受験雑誌に、本に教訓なんか要らない、本はためになるものではないという文章を書いたときにもこの一節を引用した。「こういうのを読むと私は嬉しい」と書いたあと、八年前の僕はその文章をこう結んでいる。

そして実際、このお伽噺集には、ほんとに、まるっきり、見事に、教訓がない。たとえば表題作の「王様の背中」はこんな話だ——王様の背中が急に痒《かゆ》くなる。あんまり痒いのでとてもじっとしていられず、王様は町を走り抜け森の中まで走ってゆく。身もだえする王様を見て、狸だの兎だのいろんな動物が自分の背中をかき出す。それを見ていた亀もやっぱり背中が痒くなるけど、亀は手が短いから「ただそこいらの砂を掻いて、ぢたばたするばかり」であった。おしまい。

本はこれでよいのだ。

これに加えて、筆者の自己紹介ということで、「座右の銘」として「すべてのことはどうでもいいや」、「今一番興味のあること」として「どうしたらもっと楽に暮らせるか」等々の文句が、僕の自筆で載っている。これを読んで、「大学の先生にもこんないい加減な人がいるかと思うと私は嬉しい」という意味の手紙をくれた高校生がいて、僕としてもとても嬉しかったものである。

……ということを考えつつ、そういえば赤瀬川原平展では事件があったっけなあなども思ったりして、どうも版画に身

が入らなくなってきた。これも「展覧会」という枠組のせいだろうか。ここでひとつ何か事件が起きてくれると面白いんだが、と思っていると、うしろにぬっと人の気配がして（そんなに混んでいる展覧会ではないので、それだけでちょっと気味が悪い）、汗臭く生暖かい空気が

漂ってきた。

「柴田先生ですか」とその男は言う。二十代なかばくらい、背丈は普通で痩せぎす、髪はむさ苦しく長めで、コンパの席などですっと寄ってきて人生を語り合いたがる、サークル活動に明け暮れるパッパラパー学生全盛の今日では次第に過去の遺物となりつつあるタイプである。僕はすでにいささかうろたえている。言うまでもなく僕は町でしょっちゅう人に声をかけられるような有名人ではないし、パッパラパー連中よりマシとはいえ無根拠に根の暗い人間は基本的に苦手なのだ。とにかく一応「ええ、そうですが」と答えると、相手は、「実は僕は高校三年生のときに、先生が『王様の背中』について書かれた文章を読んだのです」と、ガラスケースのなかに入った『王様の背中』初版本をじっと見ながら話し出した。「あの文章を読むまで、僕は大学入試めざしてコツコツ勉強を続ける受験生で、すべての出来事の向こうに教訓を見出そうとする真面目な若者でした。それがあの文章を読んで、そうか、大学の先生にもこんないい加減な人がいるのか、と衝撃を受けました。

本に教訓なんか要らない、すべてのことはどうでもいいや、という言葉は僕にはほとんど啓示のように響きました。それ以来、僕は勉強をする気もなくして、八年間ずっと無為に人生を送ってきました。その責任はすべて先生の文章にあります。先生が僕に及ぼした被害は甚大です。被害総額を計算して先生に請求書をお送りしようと作業を続けていますが、なかなかはかどりません」

どうせ妄想なんだから、請求書がどうこうなんて暗いこと言わずに、テメエのせいで人生メチャクチャにされたんだぞバカヤローとか何とか叫びながら出刃包丁振りまわして展覧会場じゅう僕を追いかけまわすくらいしたっていいじゃないかと思うのだが、個人的妄想とて歴史的に形成されるものであることは主体それ自体と同じ、妄想する主体がチャチなんだから仕方ない。とにかく、困ったなーこういう奴ってネチネチしつこいんだよなーと妄想のなかでいささか途方に暮れていると、うしろから、「すいません、ごらんになっていないんでしたらちょっとどいてもらえませんか」と声をかけられて、ハッと現実に復帰した。

教訓なんか要らない、というのもまたひとつの教訓であって、ほかのすべての教訓と同じくらい有害になりうるものだなあ、という教訓的事実にあらためて感じ入りつつ、僕は谷中安規の世界に戻っていったのであった。

そして誰もいなくなった

何年か前までは、毎年夏になるとテレビに国民的女性歌手が出てきて、「緊張の夏」を日本全国に向かって説いていたものであるが、個人的な好みを言わせてもらえば、できることなら「緊張の夏」は遠慮したく、やっぱり「リラックスの夏」でいきたいものだと思う。

何をすれば「リラックスの夏」になるのか、これはいろいろ考えられるわけだが、まず、仕事のあとのビール、なんてのもいいと思うものの、ビールは僕の場合一年中のべつまくなしに飲んでいるので、特に「リラックスの夏」に固有の表象というわけではない。あるいは、照りつける太陽の下、プールサイドでごろんと横になる、なんてのもいいなと思うのだが、四十代ともなると、もともと無いに等しかった体力の減退は隠すべくもなく、そのうえ泳ぎが下手で動きにやたらと無駄が多いので、ちょっと泳いだだけですぐ疲れてしまい、ごろんと横になるときには息はすでにハアハア切れていて、「リラックス」と呼ぶにはいささか呼吸がせつない。

となれば、やっぱり、「山盛りを　ひとかけたりとも　こぼさじと　そろそろ匙《さじ》さすかき氷かな」（我ながら下手な歌だなあ）、これである。子供のころはもっぱら氷イチゴだったが、大人になってからは氷イチゴミルクに進化した。ミルキーをはじめとする加糖れん乳製品を僕が好むことはよそでも述べたが、ここでもれん乳への愛が露呈している。

アメリカで一年暮らしたとき、かき氷が食べられず発狂寸前まで至り、というのはウソだが、ああ食べたいなあとずっと想っていたのは事実で、冬の休暇で南部のニューオリンズへ行くことになって、ニューオリンズなら冬でも「スノーボール」（最近日本でも縁日などで見かける、紙コップに入れた球形かき氷）が食べられると聞いて期待に胸をふくらませて出かけたものの、たしかに十二月でありながら大学のキャンパスで女の子がビキニで日光浴しているくらいの暖かさなのに（あんな気候で勉強なんかするわけないよな）、なぜかスノーボールはなかなか見つからず、やっと公園でスノーボール売りのバンを見つけた日はたまたま異様に寒い日で、ガチガチ歯を震わせながら食べたスノーボールは、成り行き上、うまいのだと自分に懸命に言い聞かせたものの、当然ながらそんなにうまくはなかった。

やっぱりかき氷は日本の夏に限る、と言いたいところだが、実のところたとえば東京で夏に街を歩いていて、青と白の地に赤で「氷」と書いたのれんはしょっちゅう見かけても、「食べよう!」という気になることがめったにないのは言うまでもなくほとんどの店は冷房が効いているからで、まったく何だってブルブル震えるくらい寒い店でかき氷を食わなきゃならないのか、実に頭にくる話であり、炎天下で鍋物をつつくのと同じくらいナンセンスじゃないかよと思ってしまうのだが、考えてみればこっちはいつもTシャツに半ズボンにサンダルという格好、暑けりゃ授業だって半ズボンでやってしまう気楽なチンピラ教師であって、きちんとネクタイにスーツを着てなけりゃお得意さんに「なんだこいつは」と白い目で見られかねない営業関係の人たちに言わせれば、こんな文句なんて、お気楽極楽《ごくらく》いい気なもんだ、ということになるのだろう。

それにしても、まあたとえば朝の満員電車なんかは冷房のない時代みんなよく我慢してたよなと思わずにはいられないものの、ちょっと窓を開ければよさそうな状況にいたるまで、屋内空間という屋内空間すべてかならず冷房が効いている。何もべつに、日本男児たるもの心頭滅却すれば火もまた涼し、たかが摂氏三十数度くらいで弱音を吐いてどうするのか、などと精神論を説くつもりは当方にはまったくない。そもそも『大辞林』の「心頭滅却すれば火もまた涼し」の説明には、「一五八二年甲斐国《かいのくに》の恵林寺《えりんじ》が織田信長に焼き打ちされた際、住僧快川《かいせん》がこの偈《げ》を発して焼死《しょうし》したという話が伝えられる」とある。涼しくたって、焼死してしまうんじゃ仕方ない。

とはいうものの、生理的にたまたまクーラーがそれほど好きでない人間からすると、エネルギーがもったいない、外がかえって暑くなるんじゃないか、と余計なことばかり考えてしまう。日本全国津々浦々何とも徹底的な冷やしぶりである。エアコンがまだ「ルームクーラー」と呼ばれていて、名前は聞いたことがあっても実際に見たり体験したりしたことのある人間はごくわずかしかいなかった、誰もが平等に暑さに耐えていた「悪平等」の時代が、ほとんどなつかしくさえ思えてくる。

かつては「扇風機の風は体に悪い」とかいう話もあったりしたのに、コンパクト・ディスクの出現後アナログ・レコードの音がほとんど「自然」の側に属すようになったのと同様、扇風機の風なんていまや、エアコンの「人工」に対する「自然」そのものである。僕としても、扇風機の生ぬるい風を浴びながら、氷イチゴミルクをザックザックつっつけるなら大歓迎である。

要するに「自然」と「人工」の線引きなんて文脈の問題であって、今後エアコンを超えるさらにハイテクの冷房器具が発明されたあかつきには、エアコンの作り出す冷気が「自然」そのものに感じられるようになるかもしれない（にもかかわらず、エアコンよりも「不自然」な冷気を作り出すその新しい冷房器具の登場は、ひとつの「進歩」とみなされることだろう）。まあでもそういう発明はとうぶんは現われそうにないから、ひとまず当面は、省エネの声が高まったり何だりで、本音であれ建前であれ「弱冷房推進」の流れが強まることを祈るのみである。

僕が王様になったら、過剰冷房に関する厳格な法律を定め、一定値以下まで温度を下げた人間は死刑にする。この法律を施行《しこう》する立場にありながらしかるべく施行しなかった人間も死刑にする。もちろん、特異体質などで体温調節機能がうまく働かない人々などについては特例を認め、特例をしかるべく適用せずそのような人々を死刑にしてしまった人間は死刑にする。頭脳労働に従事する人と肉体労働に従事する人では暑さの感じ方が違うだろうから、労働の種類によってそれぞれ違った基準を設け、基準の違いを無視した人間は死刑にする。冷房くらいで死刑にするなんてあんまりだとか何とか文句を言う人間は死刑にする。冷房くらいで死刑にするなんてあんまりだとか何とか文句を言ったくらいで死刑にするなんてあんまりだとか何とか文句を言う人間も死刑にする。そうやってどんどんみんな死刑にしていって、「そして誰もいなくなった」ら、日本も少しは涼しくなるだろう。涼しくなった日本で、クーラーなんかないところで、王様はお腹をこわすまで思いっきり氷イチゴミルクを食べるのだ。

わかっていない

天才からくり人形職人の悲劇を描いたスティーヴン・ミルハウザーの「アウグスト・エッシェンブルク」は、僕がこれまでに翻訳したすべての小説のなかでも最高の部類に属する名作であり、もし訳したなかでどれかひとつを「自分が書いたこと」にできるとしたら、たぶんこの中篇を選ぶと思う。

で、作品の素晴らしさはともかくとして、この小説のはじめの方で、アウグスト少年がはじめて作ったからくり人形が父親の時計店のウィンドウに飾られて、街の人々の人気を集めるというくだりがある。

……アウグストは次々に新たな役者を加えていった。小さな黒のシュナウツァー犬が婦人と並んで走り、カッコーが飛び出すたびに足を止めては無声で吠えた。菩提樹《ぼだいじゅ》の木蔭のベンチに腰かけている、めかし込んだ若い伊達男が、けだるそうに懐中時計を取り出し、ぎょっと飛び上がり慌てて走っていき、じきまた戻って腰を下ろし、同じ動作をくり返した。一人の老人が、薄汚れた髭が地面に引きずりそうなくらい腰を曲げて、大型の柱時計の精妙な模型を背負って歩いていった。人々は早くも、十六歳の少年の抜け目ない商売上手を口々に賞めそやしていた。そういう賞め言葉に父のヨーゼフは喜んだが、アウグスト自身は内心穏やかでなかった。彼にしてみれば、商売がどうこうなどという問題は訳のわからぬ愉快な偶然にすぎないのであって、ぜんまい仕掛けとは何の関係もないものだった。どうやら何か危険な誤解が生じてしまったらしかった。いつの日か自分は、ただの夢想家、役立たず、くすんだ緑のテントの中の冴えない手品師としての正体を暴かれるにちがいない――アウグストはそう感じずにはいられなかった。（白水社『イン・ザ・ペニー・アーケード』所収）

この最後の、「ただの夢想家……冴えない手品師としての正体を暴かれるにちがいない……そう感じずにはいられなかった」というところを読むたびに、「わかるなあ」と思う。

僕はアメリカ文学を「専門」に「研究」する人間として、いろんな小説について、ここがいいとか悪いとか書くことを仕事の一部としているわけだが、いったい何の権利があって自分はこんなことを言えるのだろう、とよく思う。僕は小説を書こうと思ったことなど一度もないし、世の「本好き」と言われる人々に較べれば書物に対する自分の熱意なんてまるでチャチなものだと思う。子供のころ寝食も忘れて本を読みふけった記憶もないし（覚えているのは、毎週『少年マガジン』の発売日に、学校から帰るとすぐ埃《ほこり》っぽい裏道を通って本屋さんまで買いにいったことくらいだ）、思春期にボロボロの文庫本をポケットに入れて世界の憂鬱《ゆううつ》を一身に引き受けたような顔をして街を歩いた覚えもない（だいたい「文学青年」に対するイメージがかくも陳腐であることに、僕がいかに文学青年から遠い存在であったかが露呈している）。要するに、小説についていったい僕に何がわかるというのか。いつかそのうち誰かに、お前はただちょっと語学ができるだけが取り柄のニセモノじゃないか、と言われるんじゃないか。そんなビクビクした気持ちはいつもある。だから、アウグスト少年の不安には、本当に共感してしまう。

むろん、アウグスト少年の不安と僕の不安には大きな違いがある。アウグストは自分が作る人形の、自分にとっての価値を疑ってはいない。まわりの人々が、「商売上手」だの「芸術」だのといった訳のわからない意味をそこに見出していることに不安を感じているだけだ。しかるに僕は、自分のやっていることにそんな自信はもてない。そこは全然違う。しかし、登場人物の高尚な思いと自分のチャチな思いとを重ねあわせてしまうのは、僕の得意技なのである。

自分のやること、言うこと思うことに自信をもてないのは基本的性格かなとも思うのだが、たとえば佐藤良明さんと一緒に『ロック・ピープル101』（新書館）という本を作ったときなど（まあ実情としては我々は本を「夢見た」だけであり、「作って」くれたのは新書館の皆さんなのだが）、読んでくれた人から「音楽について書くときの方が小説について書くときより自信があるみたいですね」と言われて、本当にそうだと思った。音楽だったら——少なくとも、十年、二十年聞いている音楽だったら——他人がどう言おうと自分はこう思う、それが「客観的」に正しいかどうかは問題じゃない、という確信がそれなりにある。でも小説については、お前の言っていることは違うよ、と言われたら、とっさにまず「すいません、その通りです」と謝ってしまいたい衝動に駆られるし、そうやって面と向かって言われなくても、あ

る作品について自分と違う意見を目にしたとたん、コロッとそっちの方になびいてしまうこともしょっちゅうである。

最近、ある敬愛するアメリカ人作家の新作を読んだら、これがほとんど私小説のような趣を呈していて、自分がこれまでの小説をどのようにして書いたかを詳しく述べている。それによると、僕がいままで、この作家が並外れた知的思索癖を満足させるために書いていたと思っていた作品は、実はすべて、恋人の悲しみを和らげるために——出版さえ考えずに——書いたというのである。もちろんこれはすべて小説に書いてあることであって、額面通りに受け取る必要はない。でも、そのようにして書かれたという可能性を僕がまったく考えなかったという事実は動かない。やっぱり僕には何もわかっていない。そう思った。

恋人の悲しみを和らげるために彼が書いた、三冊の見事な、かつ難解な（三冊目などは語学レベルでも僕には十分の一くらいしかわからない）、将来英文科の大学院生が論文を書きまくるであろう小説は、しかし、恋人の心の痛みを癒すことはできなかった。だがそれはまた別の話である。

他人のフンドシ

中央アフリカ西部に住む学名メガロポネラ・フォエテンスというアリは、人間にとって可聴範囲の周波数の叫び声を発するという珍しい特徴を有し、熱帯雨林の地面の落葉や下生えを漁《あさ》って生きている。

ふつうはこのアリ、終生地面を離れることなく一生を終える。ところが、頭上の密林から降ってくる、トメンテルラ属のある種類のキノコの微小な胞子をひとたび吸うと、にわかに困惑し混乱した様子を示し、地上を離れて、ツタやシダを黙々とのぼりはじめる。

このときすでに、アリはもはやアリ自身の主人ではない。トメンテルラ属のキノコの胞子に、脳を冒《おか》されているのである。

やがて、精力をすっかり吸い取られてしまったアリは、一定の高さまで達すると、みず

からのアゴを植物の茎に刺し、静かに死を待つ。

アリの死後もキノコはなお生きつづけ、脳を食らいつくすと、神経系、さらには組織全体を食べ進んでいく。およそ二週間後、かつてアリであったものの頭から、角《つの》のような細長い突起が伸びてきて、やがてその長さは約四センチに達する。角の先端には、胞子がぎっしり詰まっている。それがまたふたたび地上に降って、新たなアリにとり憑くのである。

*

アルゼンチンとブラジルとパラグアイとの国境にあるイグアス滝近くのリゾート地で一九三六年のある晩リサイタルを行なったルーマニア系アメリカ人マダレーナ・デラーニは、当時人気の高かったソリストで、喪失感を漂わせた悲しげなその声を論じたある批評家は、彼女がコルサコフ症候群患者であることがその秘密ではないかと提唱した。コルサコフ症候群ゆえ、デラーニは短期・中期記憶を欠いた、まさに喪失の連続の人生を生きていたのである。ただし彼女の場合、音楽に関する記憶だけは例外であった。

コイの記憶経路をめぐる研究に挫折したため心身ともに衰弱し、イグアス滝に療養に来ていたアメリカ人神経生理学者ジェフリー・ソナベンドは、ドイツ歌曲を集めたデラーニのリサイタルを聞いて啓示にも近い衝撃を受け、眠れぬ夜を一晩過ごしたのち、記憶に関するまったく新しい理論の骨子を一気に築き上げた。そしてその後十年を費やして、三巻にわたる大著*Obliscence*（oblivion＝忘却、reminiscence＝記憶、とを合わせた造語）を完成させた（ノースウェスタン大学出版局、一九四六年刊）。ソナベンドによれば、記憶とは、錯覚である。すべての経験は忘却を運命づけられている。「実はみな記憶喪失者にほかならぬ我々人間は、永久に儚《はかな》い現在に生きることを余儀なくされるがゆえ、時が否応なく過ぎていき、瞬間も出来事も取り返しようもなく失われてしまうことの耐えがたさからみずからを護るべく、人間の創造物のなかでもっとも手の込んだもの、すなわち記憶を発明したのである」。

ソナベンドの理論は、しかし、彼の死後あっというまに人々の記憶から消えてしまうことになる。デラーニもイグアス滝でのリサイタルの数日後、自動車事故で亡くなった。

＊

コウモリが暗闇でも飛べるのは、超音波を発してその反響を利用するためであることはよく知られているが、南アメリカ北部に住む、学名ミオティス・ルシフグスなるコウモリは、超音波の代わりに紫外線の、ほとんどX線に近い周波数の光線を発し、しかもその鼻のまわりに発達したラッパ状の鼻葉《びよう》によってその光線を一点に集中させることができるため、固体を通過することができると信じられており、地元民には「貫き鬼《デプロング・モリ》」と呼ばれ……

といった一見バラバラな話が一堂に会するのは、これらをめぐる仔細《しさい》かつ入念な展示が、西ロサンゼルスにある「ジュラ紀テクノロジー博物館」に陳列されているからである。

ジュラ紀テクノロジー博物館は、ロサンゼルスではおなじみの、えんえん何千番も番地がつづく大通りにぽつんと建っている。周囲には何の変哲もない商店やレストランが並び、一方の隣はカーペット専門店、もう一方はかつて不動産屋だったが店をたたんでからもうずいぶん経つ。

ジュラ紀テクノロジー博物館を訪れる人はそう多くない。そもそも、たいていの日は閉まっている。たまたま開いていて、たまたま客が迷いこんできても、そこがいかなる場所なのか、よくわからぬまま出ていってしまうことが多い。

したがって、博物館の管理者は、彼はその創設者でもあるのだが、管理者としてははなはだ暇である。暇をことさらにもてあましたとき、彼は表に出て、アコーディオンを弾く。タイレストランやプリントオフィスやハレクリシュナ寺院や自動車の車体工場などが並ぶ街並に向かって、物静かな中年男が、アコーディオンでバッハを弾くのである。

博物館の展示物には、ノアの箱舟のかけらや人間の角などもあり、本物と贋物《にせもの》とのあいだの境界線はかならずしも定かでない。そもそも、そのような境界線が意識されているかどうかも疑わしい。前述の三つの話でも細部は事実とは微妙に違っている。結局のところ、この博物館で唯一確かなのは、博物館が存在するということだけであるように思える。

と、これらもろもろの話が僕自身の調査もしくは創作によるものだったらどんなに誇らしいだろうと思うのだが、これはすべて、ローレンス・ウェシュラーという人が書いたノンフィクション『ウィルソン氏の驚異の部屋』(Lawrence Weschler, *Mr. Wilson's Cabinet of Wonder*, Vintage) に載っていることをまとめただけである。他人のフンドシで相撲とってすいません。この本、この一年で読んだなかでいちばん面白かったのですが、人に話そうとしてもどうもうまく話せず、「この人何言ってんのかしら」という顔をされてしまうもので。邦訳の予定もあると聞いてますから乞ご期待。

(※一九九八年に邦訳が出た。ローレンス・ウェシュラー『ウィルソン氏の驚異の陳列室』大神田丈二訳、みすず書房)

II

最高の食べ方

人間がドーブツであることをやめてニンゲンになったとたん、食べることも単に生存上の必要であることをやめてひとつのブンカ的行為となる。そうすると、そこには何らかの「型」が発生してくる。現代日本の文化という枠組のなかでも、レストランなどでことさらに大声を発したり、ハイエナのようにけたたましく笑ったり、かつての『三馬鹿大将』のようにパイを投げつけあったり、ケン玉大会をはじめたり指切りげんまんをくり返したり、高らかに和歌を詠《よ》んだりもしくは高らかに放屁《ほうひ》したり、食べたものを牛のように反芻《はんすう》してみせたり、といった選択肢はあらかじめ排除されている。ドーブツ扱いされないためには、もっと穏健な「型」のなかに自分をはめ込む必要がある。

では、どんな「型」がいいか。これがなかなか難しいが、七、八年前、池袋の某中華料理店で、実に見事な「型」を僕と妻は目撃した。

そのカップルは三十代なかばか後半くらいで、当時の我々より少し年上と思われた。二人とも仕事帰りらしき格好で、特にリッチというわけではないが、こざっぱりした無駄のない服装である。我々の隣のテーブルに、向かいあわせに席についた彼らは、受け取ったメニューをおもむろに開き、まず、食べてみたい品をたがいに列挙しあってから、それら一品一品について意見を交わしあい、つぎにそれらn個の品々が構成しうる2^n-1通りの組み合わせすべてではないにせよまあそれらのなかの相当数について、全体の量、味付けの多様性、野菜と肉類のバランス、価格等々を仔細に検討し、数分後、双方ともに納得のいく結論に達して、ウェートレスを呼んで注文を伝えた。

それが済むと、二人はもはや一言も口をきかず、それぞれカバンから本を取り出し、熱心に読みふけりはじめた。読んでいたのは、夫は柄谷行人《からたにこうじん》の『内省と遡行《そこう》』講談社学術文庫版であり、妻はその後国書刊行会から翻訳が出ることになるバルトルシャイティス『アベラシオン』のフランス語原書であった、と言いたいところだが二人とも本にカバーがかかっていたので書名まではわからなかった。僕と妻としては興味津々とはいえのぞき込むわけにも行かず、「何をお読みですか」と訊ねるためのいかなる正当な理由も見出せなかった。だいいち彼らの凜《りん》とした読書姿勢は、いかなる質問もあらかじめ禁じていた。

やがて一品め（たぶん卵と椎茸のスープだったと思うのだが、彼らの食事の「方法」に圧倒されるあまり、中身について我々はよく覚えていない）が到着するやいなや、二人は読んでいた本を同時にぱたんと閉じ、食事にかかった。まず妻がレンゲを手に取って、大きなボウルから自分のボウルに適量のスープを取り、無言ですっと手を突き出して夫にレンゲを渡す。夫も無言でそれを受け取り、自分のボウルに適量を取る。そして彼らは食べはじめた。

一口一口、相当な速度で、しかしじっくりと味わいながら、あたかもいま世界には自分と食べ物しか存在しなくなったかのように、目の前の自分の配偶者さえいなくなったかのように（あるいは、いることはいるのだけれどいまやその存在意義はまったく消滅したかのように）、真剣に彼らは食べた。そしてほぼ同時に食べ終えて、小さなレンゲをとんと置き、さっき閉じた本をふたたび手に

取り、読み出した。次の一品が届けられると、ふたたび本はぱたんと閉じられ、さっきと同様の手続きがくり返された。こうして、最後の皿に載った料理が食べ尽くされるまで（彼らが食べ物を一片たりとも残さなかったことは言うまでもない）、二人は一言も喋らなかった。食べ終えた彼らは、ほぼ同時にすっと席を立ち、手早くコートを着て、声を揃えて「ごちそうさま」とウェートレスに呼びかけてレジに向かい、料金を払って、帰っていった。

これだ、と僕と妻は思った。彼らの毅然《きぜん》とした食事の仕方は、それまで我々がレストランにおける夫婦の食べ方というのはこういうものだと思っていたような、今度の休暇にどこへ出かけようかとか来週の法事には何を着ていこうかとかをとりとめもなく話しあいながら、時おり「これおいしいね」とか「これちょっと固いね」といった言葉を呟《つぶや》き、手持ちぶさたになると塩コショウの瓶を意味なく並べかえてみる、といったイメージを完全に打ち砕いた。それはひとつの美学の具現化だった。僕たちもああいうふうになろう、と僕と妻は誓った。

あれから何年かが経った。その間ずっと、あの夫婦のようになろうと我々は努力を重ねてきた。食べるものを選ぶにあたってはあらゆる可能性を仔細に検討するよう努めてきたし、いったん食べ物が来たら自分と食べ物の関係がすべてであり眼前の配偶者の存在意義など無に等しいのだという哲学もそれなりに身についたと思う（配偶者の存在意義が恒久的に消滅したという説もある）。一口も残さず食べる、というのはもともと貧乏症なおかげでほぼ完璧に実践していたので問題ない。

だが、まだまだ道は遠いことを痛感させられる瞬間もある。たとえば、品と品のあいだに空白が生じたときなど（食べる速度に関しても尊師《そんし》夫婦にかなり追いついてきたので、空白はしばしば生じる）、我々はまだつい油断して、今度の休暇にどこへ出かけようかとか、来週の法事には何を着ていこうかとかをとりとめもなく話しあってしまうのである。はっと思って口を押さえたときはもう遅い。我々はたがいを恥じ、頭《こうべ》を垂れながら、悔恨の念とともに次の一品を待つのである。

まずそうな食事について

まずそうにものを食べている人の姿には独特の味わいがある。それはたとえば、まずそうなものをうまそうに食べている人の姿とはまったく違う。小田嶋隆《たかし》の名著『我が心はICにあらず』（光文社文庫）に、「貧困とは昼食にボンカレーを食べるような生活のことで、貧乏というのはボンカレーをうまいと思ってしまう感覚のことである。ついでに言えば、中流意識とは、ボンカレーを恥じて、ボンカレーゴールドを買おうとする意志のことだ」という一節があるが、まずそうなものをうまそうに食べているというのは、小田嶋隆のいう「貧乏」にあたる。それは、食べている本人にとっては、たとえ心のどこかでそれを恥じている可能性もあるにせよひとまず幸福でさえありうる状態だが、見る者の心に感銘を与えてくれるものではない（もちろん人は他人に見せるために食べるわけじゃないから、見る者の心なんかどうでもいいのであるが、まあ、とにかく）。

一方、まずそうなものをまずそうに食べている人の姿となると、そこには、まずそうなものをうまそうに食べている人にはむろん、うまそうなものをうまそうに食べている人にさえ望めない、ある種の趣なり、凄味なりがしばしば感じられるのである。

たとえば、僕の職業は大学教師だが、昼休みなど、みんなが日当たりのいい生協食堂でわいわい明るく食ったり喋ったりしているときに、薄暗い建物の廊下に一人で座って、紙みたいな菓子パンをまずそうにかじっている学生を目にしたりする。そんな侘《わび》しい姿を見ると、ああこいつもかつての僕と同じように無意味かつ中途半端に暗い青春を送っているなあ、と郷愁とナルシシズムの混じった共感を覚えずにいられない。

あるいは、場末のカレースタンドなどへ行けば、ひたすら空腹解消を目的として集まった男たちが、黙って食券を購入し、すでにスプーンと水の入ったコップが置かれたカウンターに着席して、「うまいかまずいか？　関係ねーよ。グルメ？　何だよそれ」という顔で、スプーンにカレーとライスを山盛りにのせては黙々と口のなかに放り込む姿を我々は目にすることができる。そこには、適度にオシャレなスパゲティハウスなんかで楽しげに食べているカップルなどからは間違っても得られない、ほとんど文学的といっていい凄味が備わっている。「文学」というものが、文学とはもっとも縁遠く思える場においてしばしば見出されるのと同じように、真の食文化というものもまた、食文化から限りなく離れて見える場においてこそ見出されるのかもしれない。

と、とりあえず書いてはみたものの、人はパンのみにて生くるにあらずと言ったって、文学のみにて生きているわけでもないのであって、年がら年じゅう暗い青春やら何やらにつき合っていたら、こっちの人生まで『どん底』か『蟹工船』かという深刻さを獲得してしまう。それはちょっと遠慮したい。軟弱ですが、日常的には、まあそんなに文学的でなくていいから、おいしそうなものをおいしそうに食べている人が大勢を占めている方が、ひとまず人生は楽である。

*

とはいえ、「幸福な家族はみな似たようなものだが、不幸な家族はそれぞれ独自の形で不幸である」というトルストイ『アンナ・カレーニナ』の不滅の書き出しは、食べるということについても当てはまりそうだ。すなわち、幸福な食事はみな似たようなものだが（そう、おいしいものをおいしそうに食べている人々はみな等しく楽しそうで、幸せそうだ）、不幸な食事はそれぞれ独自の形で不幸なのではないか。物語は不幸な食事のなかにこ

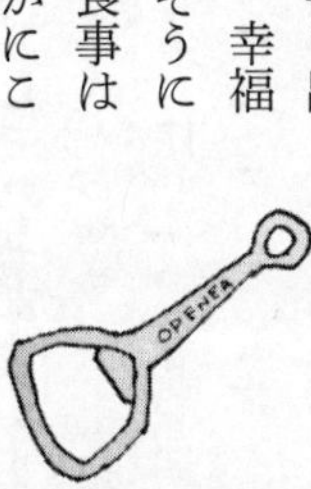

そひそんでいる、と断言してもはじまらないが、僕がいちおう専門としている現代アメリカ小説を考えてみても、おいしそうな料理がずらりと並ぶテーブルで人々が幸せそうに食事をしている、なんていう光景はあまり記憶に残っていない。むしろ、侘しかったり、切なかったり、物哀しかったりする食事の方が圧倒的に心に残るように思える。

たとえば、レイモンド・カーヴァーに「学生の妻」という短篇がある。貧しい大学院生とその妻が一緒にベッドで寝ていて、妻が夜中に不安な夢を見て目をさまし、夫にあれこれ話しかけるのだけれど、夫の方はもう眠くて仕方なくて返答もいい加減で、妻は一人どんどん目が冴えてしまい、そのうちに、世界でたった一人取り残されたような気持ちになってくる――そんな物語だ。

物語の最初の方で、目をさました妻は、何かサンドイッチでも作ってよ、と夫に甘える。

“Make me a little sandwich of something, Mike. With butter and lettuce and salt on the bread.”

バターとレタスと塩のサンドイッチ、という細部がとても印象的だ。チーズや卵ではなく、ましてやローストビーフやパストラミでもない。べつにダイエットをしているのではない。素材がよければシンプルな材料でもおいしい、とかいう話でもない（カー

ヴァー以外の作家ならそれもありうるが、カーヴァーはそういう人ではない）。ただ単に貧しいのである。

だが「彼らは貧しかった」と言ってしまうのでは伝わらない、冷えた実感がここにはある。読者に同情を強要したりせず、バターとレタスと塩のサンドイッチ、というモノだけをポンと見せて、言葉にならない手触りをモノ自体に語らせている。

ちなみに村上春樹さんの翻訳は、「ねえマイク、私に何かサンドイッチでも作ってくれない？　バターを塗ったパンに塩をふったレタスをはさんで」となっている（『レイモンド・カーヴァー全集1　頼むから静かにしてくれ』所収）。作り方が書き込んである（塩はあくまでレタスにふるのだ）せいで、原文よりほんの少しおいしそうである。これは厳密に言えば越権行為かもしれないが、それがまるで、登場人物に向けられた訳者のささやかな優しさの表れのようにも読めて、とても好ましい越権行為であるように僕には思える。

飢えについて

大学で学生たちを見ていて、自分が学生だったときのことも合わせて考えると、学問するに適した状況というのは、きわめて成立しがたいように思える。

一時限は起き立てで、まだ眠くて学問する気になれない。二時限は腹が減って、頭が働かず学問する気になれない。昼飯を食ってつかのま元気になるものの、三時限は腹がふくれて、眠くて学問する気になれない。四時限はすでに三コマも学問して疲れてきたので、学問する気になれない。五時限になるともう眠いし腹は減ったし日もとっぷりと暮れているし、全然学問する気になれない。そして家に帰って、晩飯を食い、風呂に入って今日一日の学問の疲れを取り、明日もはりきって学問するぞと寝床に入るのである。

睡魔と、空腹。これが学問にとって二つの大敵であるが、三時限の例に見られるように、腹がふくれてもまずい。腹が減っては学問ができぬが、腹が張ってもできないのである。

かつて東大の某総長は「太った豚より痩せたソクラテスであれ」と説いたが、これはおそらく、三時限に教壇から学生たちを見ていて得た啓示に基づく発言だろう。

まあしかし、腹が減っているのと、張っているのとどっちをとるかといえば、やっぱり張っている方がまだマシである。ニンゲン腹が減ると力も知恵も出ないし、根気だってなくなるし、むやみと怒りっぽくなる。性格の悪さは空腹時に露呈する。

他人を見るにしたって、飢えた人を見るのは、満腹の人を見るよりもつらくて切ない。ハンガー・ストライキというのは消極的な闘争形態として成立するが、マンプク・ストライキというのはおよそ成立しえない。いくら経済大国とかいって、飢えというものが大半の人間にとってどんどんリアリティを失っていく日本にあっても、カロリーどっさり糖分過多のアンパンか何かを次々に食べてみせる行為（これがほんとのパンスト？）が闘争形態として成立するのはさすがに難しかろう。カフカの断食芸人の芸ならざる芸は奥深い逆説に貫かれているが（彼が断食するのは「美味いとおもう食物がみつからんかったから」であり、実は彼にとってそれは「この世でも一番易しいこと」〔山下肇《はじめ》訳〕

なのだ)、満腹芸人なんて、ただ気持ち悪いだけである。

飢えを印象的に描いた小説に、ノルウェーの作家クヌート・ハムスンの、ズバリ『飢ゑ』(一八九〇)という小説がある。都会にやって来た貧しい若者が、文学や哲学の一大傑作を書こうと志ばかりは高く、現実には飢えと貧しさゆえの苦難と屈辱に苛《さいな》まれる毎日を描いた、空腹時に読むと実にリアリティのある小説である。で、この小説について、ある図書雑誌にこんな投書が載っていた。

終戦後、南洋で捕虜になり島流しにあったとき、困ったことのひとつに飢えがあった。飢えには二種類ある。ひとつは栄養である。食事は千カロリーであると公称されていたが、ピンハネがあると足りなくなる。野菜の支給はない。雨が降ると、熱い砂浜を歩いて首陽山《しゅようざん》ならぬ蕨《わらび》を狩りに行ったものである。もうひとつは満腹感である。これはもちろんない。水腹で腹が空き、夜中に度々便所へ行き、北斗七星が一晩に一回転するのを知る。

その時、思い出したのが、学生時代に読んだ『世界文学全集』の「北欧三人衆」の中の、ハムスン著「飢え」であった。三人のうちのあとひとりはイプセンだったと思う。これは飢えを楽しく描いた作品で、詳しい内容は思い出さなかったが、その小説の楽しさがふぁーっと頭の中に浮かんできた。

　こんなものを名作というのであろう。帰国したら見ようと思いながら、果たしていない。近くゆっくりと読み返して、戦後五十年の区切りをつけたい。

（佐賀市・宮原賢吾氏、『Do Book』九五年十一月号）


　これを読んで、はじめ僕はものすごく驚いた。なぜなら、この『飢ゑ』という小説、「飢えを楽しく描いた」というよりも、少なくとも表面的には、飢えのつらさを克明に描き出した作品だからだ。たとえば、犬にやるからといって肉屋でもらった骨を食べる描写。

　それは何の味もしなかつた。骨からは胸のわるくなる古血《ふるち》の臭気がした。僕はすぐ嘔吐《もど》したが、懲《こ》りずにもう一度やつてみた。それを堪へることが出来れば、飢ゑを凌《しの》ぐだけの効はあるのだ。たゞ腹の中に落着かせればいゝ。けれども又吐いた。僕は腹を立てゝ、烈《はげ》しく肉に噛《か》み付き、少しばかり喰ひ切つて無理矢理に嚥《の》み込んでみた。けれどもそんなことをしたとて駄目だつた。肉が胃の中で温まるや否や、すぐ又嘔吐《もど》してしまつた。僕は両手を握り締めて、絶望に泣き、憑物《つきもの》でもしたやうにばり〳〵骨を噛《かじ》り取つた。骨が涙に濡《ぬ》れて、汚《よご》れる程泣いた。吐いた、呪つた、歯噛みをした。

胸も張り裂ける程泣いた。そして大きな声で、世界のあらゆる力を呪つた。
(宮原晃一郎訳、新潮社、原文旧漢字)

もちろんここには、志と行動のまったく嚙み合わない若者を醒めた目で見る作者がいるわけで、その隔たりに、ある種のユーモアを見てとるのも不可能ではないだろう。だがそれでも、飢えを楽しく描いた、と形容するのはいささか無理がある。

といっても僕は、先の投書を書かれた方の記憶違いを責めているのではないし、ましてやそれを笑うつもりもまったくない。戦後育ちの僕に飢えの苦しさを語る資格などまったくないけれど、あえて想像させていただくなら、この方はひょっとすると、現実の飢えと戦いながら、その苦しさをねじ伏せ克服すべく、ほとんど無意識のうちに「楽しい飢え」の物語を、ハムスンの小説をいわば入れ物として構築されたのではない

だろうか。せっぱつまった想像力が、記憶をどんどん書き換えていったのではないか。

そんな勝手な想像をふくらませて、「その小説の楽しさがふぁーっと頭の中に浮かんできた」情景に思いをめぐらせてみると、僕はほとんど感動してしまう。

においについて

この世界に「意味」はあるのか、とか「秩序」はあるのか、といった問いが最近何となく重みがなくなってきたように思えるのは、ひとつには世の中がポストモダンの洗礼とでもいうべきものを通過して、「意味」も「秩序」も要するに「神」などと同じく、人間なり文化なりが作り出す物語でしかないらしいと多くの人が思うようになったという事情もあるだろうが、もうひとつにはやはり、「マルチメディア」「インターネット」といった言葉を鍵とする、電子化された情報の網が作り出す世界に目下のところみんなの目が行っていて、その向こうに控える世界それ自体（などというものがあるとして）にまで目が届かない、ということがあると思う。

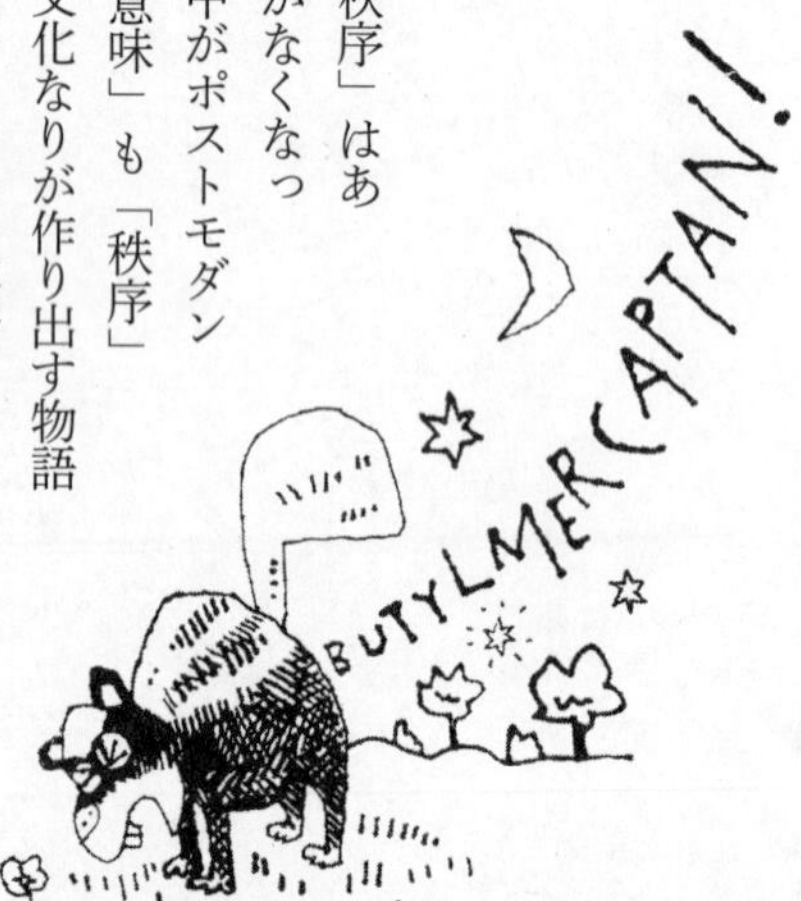

そのような電子化された情報社会について、「乗り遅れちゃ大変」とか「産業革命以来の大変革」とか、いろんな人がいろんなことを言っている。「乗り遅れちゃ大変」不安は日本人の得意技だからまあいいとして、その逆の、未来をバラ色に謳《うた》いあげるような物言いについては、たいていの人が何となくうさん臭く思っているように思える。インターネットのネットワークが広がりマルチメディアが浸透した世界、というのが何となく世界として貧しいように感じられるのは、要するにいくら情報量は多くても、それがいまのところあくまで視覚(画面)と聴覚(スピーカー)からの情報に限られているからではないだろうか。そこでは残り三つの五感、すなわち味覚、嗅覚、触覚は、言葉に還元しうる限りでしか扱うことができない。地球の裏側にいる人の言語的メッセージは即座に電子化できて、一瞬のうちに世界中に伝えることができても、一本のバナナの味や香りを電子化することはできない。

もちろんここには、「少なくともいまのところは」という但し書きが必要である。世の中にはすでに、においの出る本とかにおいの出るレコードとかがある。たとえば七〇年代に「ラズベリーズ」というバンドがいて、ラズベリーの香りのするLPを出した。ジョン・ウォーターズという悪趣味の王様みたいな映画監督は「におい付き映画」まで作っている。『ポリエステル』という映画で、観客は「オドラマ・カード」なるものを渡され、スクリーン隅の番号指示に従って指で擦ってにおいを嗅ぐそうである（学研『ジャンル別映画ベスト1000』、保前信英「ストレンジ・フィルム」による）。においや味がもっと系統的に分類され、電子化される日もそう遠くないかもしれない。

とはいえ、においについて見るなら、これまでのところ、コンピュータのゼロイチゼロイチ言語のみならず、自然言語によっても十分な分類がなされているとは言いがたい。たとえば色とにおいを較べればよくわかる。色なら三原色とか補色とかスペクトルとかいった言葉である程度「客観的」に語ることが可能であり、「いい色」とか「嫌な色」といった主観的分類はあまり意味をなさないのに対し、においは基本的に「いいにおい」「嫌なにおい」といったように主観・感情の次元で語られ、「三原臭」「においのスペクトル」といったような客観的尺度は（いまのところ）確立されていない。味覚でさえ「甘、酸、鹹《かん》（しおからい）、苦」の四つの基本感覚に分類されているのに、においの基本的分類に人類はいまだ成功を収めていないのである。「ツワールデマルカーH.Zwaardemarkerは九種の基本臭を考え（一八九五）、また、ヘニングH.Henningは六つの基本臭を想定し、各臭を三角柱の各頂点に配し（においのプリズム）、すべてのにおいはこの三角柱の表面上の点で表せると考えた（一九一六）。近年アムーアJ.E.Amooreは七種の原臭を考え、それを物質の分子構造と結びつけた（一九六二）」という文章はほとんど化学的解説のパロディのように読めるが、れっきとした『平凡社世界大百科事典』の記述である。

当たり前といえば当たり前なのかもしれないが、においでどうにも不思議なのは、いくらいいにおいであっても、生命維持の足しには全然ならないという点である。美味しい食べ物はおおむねにおいもいいものだし、においが食文化の重要な要素であることは間違いないが、においをいくら嗅いでも滋養にはならない。鼻から得られる情報というのは、あくまで予告編みたいなものなのである。まあそれで毒にも薬にもならないというのならまだ納得できるのだが、世の中には（大半は人間の作ったものとはいえ）毒ガスなんてものが存在して、鼻からの情報がしっかり毒にはなるのである。一方に美味しくて滋養豊かなキノコがあってもう一方に毒キノコがある、というのは仕方ないとしても、滋養豊かなガスなんてものはどこにもないのに毒ガスはある。どうも割りが合わない。

ところで、臭《くさ》いにおいといえば、たいてい誰もがスカンクの分泌する液のにおいを思い浮かべるにちがいない。ふたたび『平凡社世界大百科事典』にお世話になれば、スカンクの悪臭の主成分はブチルメルカプタン（なんか、いかにも臭そうな名前である）、C_4H_9SH（さすがに化学式まで臭そうではない）。しかし『新コロンビア百科事典』（コロンビア大学出版会）によれば、スカンクが悪臭を放つのは極度の挑発を受けたときに限られ、しかも、悪臭に訴える前に必ず警告として尻尾を持ち上げてみせるという。英語で skunk と言えば嫌な奴の代名詞だが、本物のスカンク氏（および嬢）は実のところ忍耐とフェアプレイの人である。

それにしても、実際にスカンクの放つ悪臭を嗅いだことのある人はどれくらいいるのだろう。あるいはイタチの最後っ屁でもいい、その臭さを身をもって味わった人がどれだけいるのか。周りを見る限り、実はほとんどいないのではないか。それでいてみんな、臭いものの代名詞みたいに使っているわけだ。においに関する限り、我々はいまだ神話と伝説の世界に住んでいる。

文庫本とラーメン

中学・高校のころの読書では、読書感想文を書くための読書、というのが人によってはかなりの比重を占めるんじゃないかと思う。僕自身も、『坊っちゃん』や『こころ』などは、まずは夏休みの課題図書として読んだ覚えがある。

学校や国の教育機関が、「課題図書」を与えて、「感想文」を課す。これは、いいことなんだろうか、悪いことなんだろうか？

読書感想文の功罪ということを考えると、まずたしかに「功」はある。それまで本を読まなかった人が、なかば強制的に読まされたのがキッカケで本の面白さに気づき、その後は自分から進んで読むようになる、という例はきっとあるはずだ（進んで本を読むことはいいことなのか、という問題自体も考え出すと実はよくわからないのだが、ここではひとまず、「自発的な読書は善である」という前提で話を進める）。

けれどその一方で、「罪」も間違いなくある。教師なら誰でも知っているように、どんなにいい本でも、「教科書」とか「課題図書」になったとたん、退屈の爆弾と化してしまう危険がある。強制されて読んではみたものの、やっぱりぜんぜん乗れなくて、読むだけでも苦痛なのにおまけに感想文まで書かなくちゃならなくて、そんなこと言ったたって感想なんか何もないよー、もう本なんかコリゴリ！　と、逆に人を本から遠ざけてしまうケースもずいぶんあるのではないだろうか。

そう考えると、「功」「罪」のどっちが重いか、実はけっこう微妙な問題かもしれない。そもそも、なぜ本だけはいちいち「感想」を持たねばならないのか？　音楽、絵画、映画、ダンス、その他文化的産物はみなそうだが、本もやはり、もっともらしい言葉（感想）にする前に、まずは「味わう」べきものだと思う。もっといえば、一冊の本を読むというのは、一杯のラーメンを食べるのと大して変わらない行為だと考えたい。「ああうまかった」「ああまずかった」が、「ああ面白かった」「ああつまんなかった」というふうに、言葉がちょっと入れ替わるだけの話である。うまいラーメンは腹を豊かにするが、知的な本は頭を豊かにするし、情熱的な本は心を豊かにし、好色な本は下半身を豊かにする（しないか）。

そして、ラーメンと本の相似性は、特に文庫本を考えてみるといっそうハッキリする。その手軽さにおいても、また値段においても、両者は大いに通じるものがある。人々は、ラーメン屋にふらっと入るのとほぼ同じ気軽さでもって文庫本を手にする。統計をとったわけではないので確かなことはわからないが、いつの時代でも、薄めの文庫本は普通の醬油ラーメンあたりと、厚めのやつはチャーシューメンあたりと、価格的にもだいたい対応しているように思う。ラーメンをすする気楽さで、感想文のことなんか考えずに文庫本を読む、これが一番である。

だいたい、「読書感想文コンクール」があるんだったら、「ラーメン感想文コンクール」もあってしかるべきである。これを全国的に行なうには、インスタントラーメンに登場願うべきだろう。日本全国の小中高生が「チャルメラ」なり「出前一丁」なりを「課題ラーメン」として与えられ、それを調理し、食べ、感想を書くのだ。「『出前一丁』を食べてみて、私が一番感動したのは、麵のコシの強さです。食べはじめから食べ終わりまで一貫して失われないその強さを、私も見習って、これからは強く生きていきたいと思います」とかね。これがナンセンスだとすれば、では読書感想文コンクールも時にはほとんど同じくらいナンセンスになっている可能性はないか、考えてみるべきである。

III

消すもの／消えるもの

一仕事終えて、ささやかな満足感とともに、小型ホウキで机の上の消しゴムかすを集め、紙屑《かみくず》かごに掃き出す。

厳密に言うと、これは善良な市民のやるべきことではない。消しゴム、といっても実は最近はプラスチックの方が多いわけだが、いずれにせよそのカスなのだから、これは燃えないゴミである。紙屑かごに捨ててはいけないのである。けれども、何となく「まあそこまで目クジラ立てなくても」と思ってしまうのは、たぶん消しゴムというものが、我々がゴミを分別するようになる以前の時代に属している商品だからではないだろうか。マックだのＩＢＭだのでバリバリに九〇年代していても、鉛筆を持って消しゴムを脇に置き原稿用紙に向きあえば、人はつかのま昭和に戻ることができる。

寺山修司に「消しゴム」という童話がある。

何でも消せる消しゴムを古道具屋で買った少年水夫が、思いを寄せる年上の婦人の男ともだちを片っ端から消しはじめたはいいが、間違って婦人本人まで消してしまう。少年は絶望のあまり自分を消そうとするが、「もう大分使ってきた消しゴムは、ジョニーを半分消したところですりへってなくなってしまったのです。／かわいそうに、半分消えた少年水夫のジョニー、下半身だけ消えてしまった少年水夫のジョニーは、青い月夜の港町を新しい消しゴムをさがして、泣きながら旅立って行ったそうです」。ほとんど物語の骨組だけから成る小品のなかで、消したいものがあったら手前にガラス板を持ってきてそのガラスをこする、という細部だけが妙に現実的で記憶に残る。

「消しゴム」が収められた童話集『赤糸で縫いとじられた物語』（新書館）のなかには、消しゴムに恋をした女の子の作った詩も出てくる。

消しゴムがかなしいのは
いつも何か消してゆくだけで
だんだんと多くのものが失われてゆき

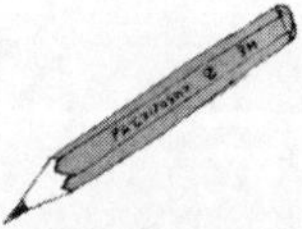

決して
ふえるということがないということです

これもまた、寺山修司一流の感傷に貫かれた「消しゴムの悲哀」を語っている。もちろんその悲哀は、時の流れという、世界で一番残酷な消しゴムを遠慮がちに連想させることによって読む者の心を打つわけだが、ひるがえって自分のまわりの現実を見るや、失うことが怖いばっかりに、これも消しちゃいけないあれも消しちゃいけないと貯め込んだ物たちに、すっかり空間を占領されてしまっている。残念ながらそこは、寺山修司の上等の感傷から、これ以上はないというくらい隔たっている。

消しゴムをアメリカ英語でいえばeraser、イギリス英語だとrubberということも多いらしい。そもそもゴム一般のことをrubber（こするもの）と呼ぶのは、十八世紀後半、ゴムが字消しに使えることがわかったからだという（それまでは軟らかいパンを使っていた）。ただし、アメリカで rubber というと、むしろコンドームを指すことの方が多いので「要注

意」、と『新和英中辞典第四版』（研究社）にはある。rubberを使ったら亀の頭が消えちゃって……なんてね。

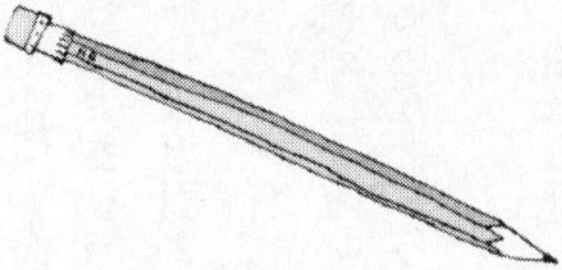

消しゴムという商品のうるわしい点は、今日ではほとんど完璧な民主性が達成されているというか、要するに、「いい消しゴムが欲しいけど高いので安いやつで我慢する」ということがまずなくなっていることだろう。消しゴムは「日本では明治維新後に鉛筆といっしょに普及したが、一九一〇年代までは輸入品のみで、A・W・フェバーのクジラ印が最高級とされていた」と『平凡社世界大百科事典』にはある。「クジラ印が最高級」というスノビズムも悪くないが、わずか数十円でかつての「クジラ印」におそらく劣らぬ性能が得られるというのは、やはり偉大である。

消しゴム付き鉛筆、といういかにもアメリカ的な商品もあるが、言うまでもなく性能的にはぐっと落ちる。やはり、鉛筆は鉛筆、消しゴムは消しゴムである。尾辻克彦の「黒い山」（『お伽の国の社会人』

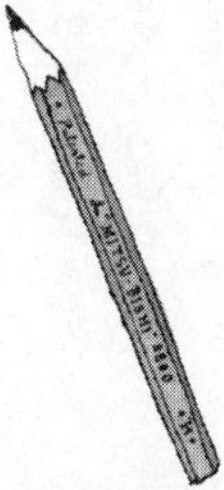

PARCO出版)では、「むかしむかし、ある原稿用紙に、鉛筆と消ゴムが住んでい」て、鉛筆は山へ柴刈りに、消しゴムは川へ洗濯に出かける。消しゴムは洗濯に精を出しすぎて、汚ればかりか、洗濯物自体まで消してしまう……。

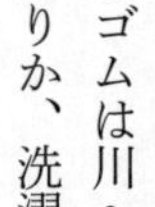

尾辻克彦がまだ存在しなかったころ、赤瀬川原平の名で出した『少年とオブジェ』(ちくま文庫)に収められたエッセイ「消しゴム」のなかの消しゴムは、洗濯ばあさんどころではすまない。「消しゴムは超現実からのスパイなのだ。現実の空巣ねらいにやってくる。あれは万引きです。犯罪者だ。表面は柔らかそうな顔をしていて。そうでしょう。消しゴムがスパイではないという人がいたら証拠を見せてほしい。消しゴムがこの世から逃げも隠れもしないという証拠を。屁理屈ではなく現実を並べてほしい」。この「そうでしょう」というところがすごいですねえ。最高です。

鉛筆の歴史については、物の歴史を専門にしているアメリカの学者ヘンリー・ペトロスキーが大著を書いていて、最近翻訳も出たが(『鉛筆と人間』晶文社)、消しゴムの歴史を論じた本というのは見たことがない。鉛筆が主、消しゴムが従、という図式はやはり否定しがたい。会社名だって、鉛筆、消しゴムの両方を作っていても、「トンボ鉛筆」だったり

「三菱鉛筆」だったりで、「トンボ消しゴム」「三菱消しゴム」では決してない。そもそも本来的に、自己実現と自己消滅とがつねに並行して起きる商品だから、歴史におのれの刻印を残すということもありえないのかもしれない。

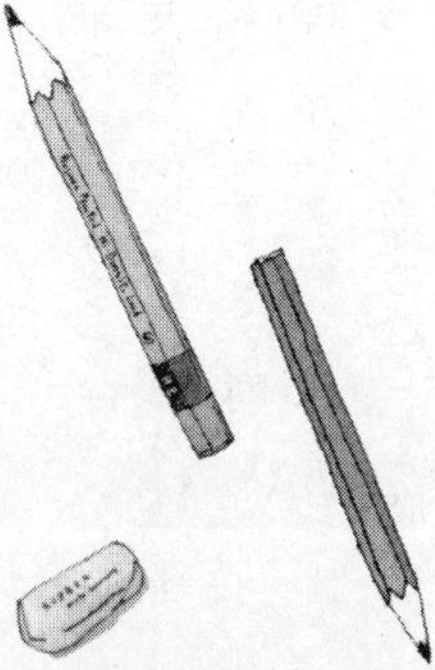

箱　入れる物／入る物

浦島太郎は龍宮城で乙姫さまと長いことよろしくやった末に、リップ・ヴァン・ウィンクルはうるさい奥さんから逃れて山の中でぐうぐう眠った末に、どちらも故郷の村へ帰ってくる。村の様子がすっかり変わってしまっているところも、両者まったく同じ。

が、その後の展開は、リップ・ヴァン・ウィンクルの物語の方がはるかに具体的だ。そもそも、眠っていた時間がこちらは二十年と規定されている（浦島太郎の過ごした時間は、もちろん、数字なんかで測れる時間ではない）。寝る前はイギリスの植民地だったアメリカもいまや独立し、折しもその日は選挙当日、「あんた、どっちの党に投票したね？」と訊かれて、「いや、あの、わたし、国王の忠実なるしもべですから」と口走って白い目で見られたりはするものの、ま、うるさい女房も死んだことだし（作者はこの点にやけにこだわっている）、孝行娘はまっとうな男と結婚したみたいだし、これはこれでいいか、とあっというまに新しい世界に適応し、数奇な体験をした人として村のちょっとした名士となって幸福な余生を送ったのであった。

要するに、浦島太郎を襲ったような、自分の居場所などありようもない、まったく違う世界に帰ってきてしまった底なしの絶望感とは無縁。どう見ても浦島物語の方が高級であることは明らかだが、さらにダメ押しは、何といっても浦島側の玉手箱である。箱のなかに時の流れが入っていた、というアイデアは本当に絶妙。

箱のなかにはいろんな物が入っている。ポーの「長方形の箱」（『ポオ小説全集4』創元推理文庫）には、死んだ妻の死体が、長い航海のあいだ腐らぬよう大量の塩とともに入っている。

> 難破船との距離はまたたく間に大きくなり、ボート上から遠望するわれわれの眼に、狂人が（もはやわたしたちとしては彼をそう看做《みな》さざるを得なくなっていたのだ）船室へ通ずる昇降口に姿をあらわすのが見え、まさに巨人的とでも呼ぶほかはない怪力で、かの長方形の箱をば甲板上へひきずりあげるのが見えた。極度のおどろきでわれわれがその有様をみまもるうちに、手ばやく彼は三インチ直径の太ロープを、まず最

初は例の箱に幾度か捲《ま》きつけ、次に彼自身の胴のまわりに捲きつけた。次の瞬間、彼のからだも箱もともどもに海の中へ――たちまち、急激に、そして永久に、ともどもに消え失せてしまった。（田中西二郎訳）

生者は死者に敗北する、というポー世界の基本的掟に一応従ってはいても、これが同じポーの、双子の妹が棺《ひつぎ》を破って出てくる「アッシャー家の崩壊」などに較べてやや弱いのは、「死体はかならず生き返る」というポーの大原則を守れていないから。ま、いくら不滅の魂とか不屈の意志とかがあっても、塩漬けにされてしまってはさすがに……。

同じくポーの「ベレニス」（『ポオ小説全集1』）は、恋人の歯に対する強迫観念に囚われた男をめぐる、精神分析でいう「歯のついたヴァギナ」（去勢不安、性交恐怖などの象徴）を論じるには絶好のテクスト。恋人の死後、誰かが墓をあばいたらしい。しかもどうやら、埋葬は早すぎたらしい。そして、小さな箱がひとつ――

召使は私の上衣を指さした。――それは泥にまみれ、血がついていた。私はなにも言わなかった。彼はやさしく私の手を取った。――そこには人間の爪の痕がついていた。召使は壁に立てかけてあるものに注意をうながした。私はしばらくそれを見詰めていた。――鋤《すき》だった。私は叫びながらテーブルに駈け寄り、その上の箱をつかんだ。しかしどうしても開かない。震える手からすべって、もろに床に落ちてくだけた。箱の中からは、なんか（ママ）歯科医の道具が、がらがらと音を立てて、転がり出た。それにまじって、三十二の小さな、白い、象牙のようなものが、床のあちこちにちらばった。

（大岡昇平訳）

こういう一節を読むと、「物の悪意」を主たるモチーフとするチェコの人形アニメ作家ヤン・シュヴァンクマイエルがポーの作品を好んでとり上げているのも納得されよう。この「ベレニス」は映画化していないようだが、まあこれはこのままで、ほぼ完璧なドイツ表現主義映画が想像できてしまいますからね。

レイモンド・カーヴァーの「引越し」（原題 "Boxes"『レイモンド・カーヴァー全集6』中央公論新社）に出てくる箱は、引越し魔の母親が、次の引越しめざしてすでに荷造りし終えた箱たち。

引越しの決心をしてから一、二日のうちに母は荷物をいくつかのダンボール箱に詰めてしまった。それが一月だったか二月だったか、とにかく冬のことである。そして今やもう六月の末だ。箱は何ヶ月もの間、母の家の床に置きっぱなしになっていた。部屋から部屋に移動するのにも、いちいち迂回したりまたいだりしなくてはならないという有り様である。何はともあれ、そんなところに母親を住まわせておくのはあまり気分の良いものではない。（村上春樹訳）

「いちいち迂回したりまたいだりしなくてはならない」箱たちは、日々我々にのしかかってくる現実のうっとうしさの表象、ととりあえず規定できるだろうか。箱を開けてなかの物を出す、という手間さえかければそれが「邪魔物」ではなくむしろ「有用物」になりうる、というところがよけいにうっとうしい。だがもちろん、カーヴァーのよさは、〈箱＝現実のうっとうしさ〉というふうに図式化はできても、そういう図式を少しも発展させずに、ただとにかくうっとうしいモノとして、作品のなかに文字通り放り出しているところである。

箱に入る、というとまずは安部公房の『箱男』を思い出すが、個人的に好きなのは、ウォルター・デ・ラ・メアの掌篇「謎」（雑誌『牧神』3、一九七五、牧神社）。七人のきょうだいがお祖母ちゃんの家で暮らすようになる。優しいお祖母ちゃんだけど、ひとつだけ警告して言うには、客用の寝室の隅に置いた古い樫《かし》の衣裳箱にだけは近寄っちゃいけないよ……。

これじゃあどう考えたって、近寄れ、と強制しているようなもの。まず一人目――

ある黄昏どき、ヘンリイはたった一人で、子供部屋から樫の木の衣裳箱を見に、二階へあがっていった。箱に彫ってある果物や花々を指先で触ってから、箱の四隅に付いている奇妙な笑いを浮べた顔の彫像に話しかけ、それから肩越しにちらりとふり返ると、箱の蓋を開けて中を覗き込んだ。だが、箱には何も宝物は入っていなかった。黄金も、人の目を驚かすような、すばらしいものも何も入っていなかった。箱は空っぽだった。ただ薄暗がりの中では黒ずんで見えたが、濃い薔《ば》薇《ら》色の絹で裏張りがしてあり、さまざまな神秘的な香りが立ち昇った。しばらくの間、ヘンリイは中を覗き込んでい

たが、その間に階下の子供部屋からは、かすかな笑い声や、コーヒー茶わんをカチカチいわせる音が聞え、窓からは次第に日が暮れかけているのが見えた。こうしたものが不思議に、ヘンリイに母のことを思い出させた。ちょうどこうした薄暗がりの部屋の中で、ぼんやりひかる真白なドレスを着て、母はヘンリイによく本を読んでくれたものだった。ふと、ヘンリイは箱によじ登ると、その中に入った……すると、箱の蓋は、ヘンリイの上から、しずかに閉じてしまった……。（井村君江訳）

これを、「子宮願望！」と鬼の首でもとったみたいに「解釈」するのは愚の骨頂。ここはただただ優雅な描写を楽しめばよい、と思う。

このあとの展開としては、どう考えたって、子供たちが一人ずつ消えていき、お祖母ちゃんが一人あとに残るしかない。でもそれが見えてしまったところで、この掌篇の素晴らしさは少しも減らない。

日永一日、おばあさんは出窓に坐っていた。唇を堅く閉ざしたまま、人々が往き来したり、車が忙しげに動いてゆく町を、ぼんやり長いこと、興味ぶかげにじっと見ていた。夕ぐれになると、階段を上って行き、あの大きな寝室の入口に佇んだ。階段をのぼったので息をはずませている。鼻の上には厚い眼鏡をのせている。おばあさんは戸口の柱に手をかけ、部屋のしずかな闇を通して、ぼんやりと光っている窓の方を、覗き込んだ。だがもはや遠くは見えず、視力はぼんやりとして、陽《ひ》の光さえかすかに見えるだけであった。それに秋の木の葉のようなかすかな匂いは、最早や嗅ぎ分けることすら出来ないのであった。だが心の中には、いろいろな思い出が、糸のように絡み合っていた——かずかずの笑いと涙、それにもう、今となっては昔のことになってしまった子供たちのこと、また友達との出会いや、永久《とわ》の別れのことなど、さまざまな思い出が——。そして、ぶつぶつと聞き分けにくい声でなにかをつぶやきながら、階下に降りてゆき、また再び、もとの出窓の席へと戻って行くのだった。

絶対に納得できない（というほど気張るつもりもないのですが）箱は、『星の王子さま』（サン＝テグジュペリ、内藤濯《あろう》訳、岩波少年文庫）で、王子さまから「ヒツジを描《か》いてよ」と言われた語り手が、どうしてもうまく描けなくて面倒臭くなり、箱を大雑把に描いて、「あ

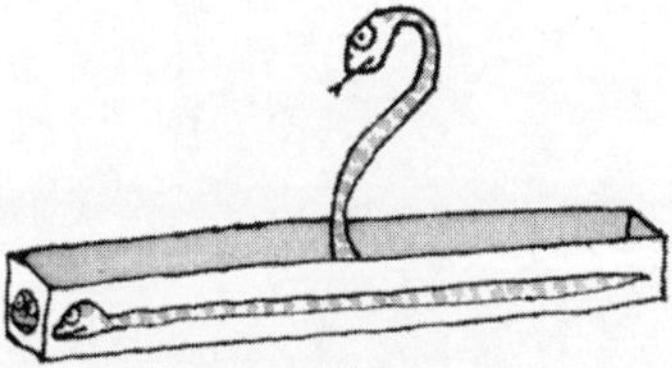

んたのヒツジ、そこにいるよ」と言ったら、王子さまが「ずいぶん瘦せてるなあ、このヒツジ」というやつ。何の根拠をもって、子供の想像力をそこまで特権化するのか。

箱のなかには世界が入っている。なかに何が入っている必要もない。写真や人形などを入れた箱を作りつづけたのはアメリカの芸術家ジョゼフ・コーネルだが、彼のボックス・コンストラクションのうちいくつかは、ほとんどからっぽである。

（※「謎」はその後拙訳がアンソロジー『昨日のように遠い日』（文藝春秋）に収録された。）

窓の話

Peeping Tomといえば「のぞき見トム」、すなわち「出歯《でば》亀《かめ》」のことだから、window peeperといえば当然、窓から人の家のなかをのぞく助平な奴のことかと思うとさにあらず。かつてイギリスには窓税（window-tax）というものがあった。窓税の額を査定するために各家庭をまわる役人をwindow peeperといった。

「窓税」はそれまでの「炉《ろ》税」（炉の数で税額が決まる）に代わって一六九五年に制定され、一八五一年に廃止された。イギリスの古い家でよく窓がふさいであるのもこの税金のせいであり、住居の建築様式にも影響が及んだ、とモノの本に書いてある。

二十世紀のニッポンにそんな税金がなくてよかった、と思うが、さらにモノの本を見ると、一七八二年には大幅な増税と同時に窓が六つ以下の家は免税に、さらに一八二五年には七つ以下の家は免税になったという。我々のウサギ小屋はどっちみち関係ないか。

*

ライプニッツというと「モナドには窓がない」という言葉が有名で、ちゃんと読まずに聞きかじりの知識だけで考えていると、何となく、人と人とが心も言葉も通いあわせることができぬまま茫漠《ぼうばく》たる宇宙にさみしく浮かんでいるようなイメージを思い浮かべてしまう。田中小実《こみ》昌《まさ》の『モナドは窓がない』（筑摩書房）でも、

単子（モナド）には窓がないというとき、ぼくは、ギリシアのアテネからとなりの港町のピレウスにいく、きいろい二番の電車が高いところをはしるとき、下のほうに見える海べにならんだ、ちいさな脱衣小屋を想像したりした。

ちいさいが、ひとつひとつ独立の小屋で、波もなく、海も空も砂浜もあかるく、そこに窓のない白いちいさな脱衣小屋が無言でならんでる。ああ、単子には窓がない……なんて、ぼくはつぶやいていたのだ。（「単子論」）

といった一節が出てくる。けれども、この田中小実昌の文章のポイントは、こうしたイメージが実は間違っているというところにある。ライプニッツは「単子には窓がない」ではなく「単子には物が出たりはいったりする窓はない」と書いているというのだ。脱衣小屋みたいに「窓はないけど扉ならある」という話じゃなくて、拡がりも形も可分性もないものにそもそも窓などありえないというのだ。

こうして我々の迷妄《めいもう》はひとまず正されるが、やがて「単子」と「精神」のつながりを考え出すと、田中小実昌自身、またよくわからなくなってくる。そしてわからないまま、話は終わる。あとがきもこんなふうにしめくくられる——

どうしようもなく、単子《モナド》を原子か元素（モノ）のようにおもってしまうが、それでは、ライプニッツの『単子論』は読めない。ほんとの実体は精神、神なんてことを、たとえ納得できなくても、念仏みたいにくりかえしながら読むと、いくらかでも読めるのではないか。わかるとは言わない。たとえば、単子《モナド》には窓がない、なんてことも理屈をおっていくと（読んでいくと）わかったような気になるが、またくるっとわからなくなる。

（「この本を書きおえて」）

この「またくるっとわからなくなる」と落としてプツンと切るという、全然まとめないまとめ方が真似できないところ。形だけのオトシマエをつけてシャンシャンとまとめるより、断然信用がおける。

*

モナドに窓があるかないかはともかく、男性に限っていえば、肉体的個人、というかその衣服には少なくとも窓がある。いわずと知れた、社会の窓。

英語では陰部のことを「プライヴェート・パーツ」というくらいで、これほど個人的な部分もないにもかかわらず、そこに通じる窓を「社会の窓」などと呼ぶのはどういう料《りょう》簡《けん》なのか。でもこういう言い方は日本でも最近話題の「政治的正しさ《ポリティカル・コレクトネス》」に反するわけではないから、誰も改めろとは言わない。

「社会の窓」は英語では fly。何かが飛び出すからそういうのだろう、と思って辞書で語源の説明を読んでもよくわからない。fly という言葉にはいろんな違った意味があって、それがかならずしもひとつの根幹的意味に収斂《しゅうれん》するわけでもないらしい。

バーナード・マラマッドの『もうひとつの生活』（宮本陽吉訳、新潮社、絶版）という小説で、新米の大学教師がはじめて教壇に立ち、「教育とは啓示《レヴェレーション》である」と熱弁をぶつ。が、学生はゲラゲラ笑うばかり。おかしいなあと思って、下を見下ろすと、社会の窓が開いていて、しっかり中が啓示されていたのだった。

ヨハネス・フェルメール〈青衣の女〉
アムステルダム国立美術館所蔵
©The Bridgeman Art Library / アフロ

＊

窓が印象的な画家といえば、フェルメールとエドワード・ホッパーである。このうちフェルメールは窓の「採光」の機能を、ホッパーは「眺望」の機能を重視しているといえそうだ。フェルメールの『青衣の女』について、ポール・オースターはこう書く。

……さまざまな事物にもまして、外

の世界、絵画の向こうの世界へと彼の思いを暖かく導くのは、見えない窓を通して左からさし込んでくる光の美しさである。Aは女の顔をじっと見つめる。と、そのうち、両手に持った手紙を読む女の、頭のなかの声が聞こえるような気がしてくる。一目で妊娠しているとわかる、じき母となる静謐《せいひつ》に包まれた女が、箱から取り出した手紙を読む。きっともう何度も何度も読みかえしているにちがいない手紙。そして壁には、女のうしろから右に向かって、部屋の外のあらゆるものの象徴たる世界地図が掛かっている。そうしたなかで、光が女の顔に優しく注ぎ、青いスモックを照らし、生命に膨らんだ腹を照らす。青さが輝きに浸される。ほとんど白というに近い青白い光。

（柴田元幸訳『孤独の発明』新潮文庫）

『青衣の女』の女性の顔に浮かんだ表情はどこまでも静かだ。そこから何を読み取るかは（オースターの言い方にしたがえば、何を聞き取るかは）見る者次第だろう。僕にはその手紙が、夫の死を知らせる手紙のように思える。うつむき気味の女の顔には、深い悲しみが沈み込んでいるように見える。想像をたくましくするなら、妻が身ごもってまもなく、夫は戦争に駆り出され、あっけなく戦死した……。

だとしても、女の顔に優しく注ぐ光が、皮肉に、残酷に見えるというのではない。そんなものがあるかどうかはわからないけれど、それは、すべての悲しみを洗い流してくれるかもしれない救いの光であるように思える。

エドワード・ホッパーの絵（*Edward Hopper*, Taschen）では、見る者が窓を通して室内を見ることもよくあるが、もっと多いのが、部屋のなかにいる人物が外を眺めているという構図である。女性が出窓に身を乗り出して外を眺めている「ケープ・コッドの朝」。下着姿でベッドに座った女性が、窓の外を見ているようにも自分の心と向きあっているようにも見える「朝日」。窓に面した仕事机から、事務員が向かいのビルの方を眺めている「小さな都市のオフィス」。窓の外には街が広がっている。人が玄関先に出ている場合もあるし、外に広がるのが街ではなく野原や森の場合もある。だが人が内と外の境界に位置し、外を見ている、という構図は変わらない。

外には空間が広がっている。一歩足を踏み出しさえすれば、彼らは広い世界に出ることができる。で

エドワード・ホッパー〈朝日〉　コロンバス美術館所蔵
©Artothek / アフロ

も、何かがその一歩を拒んでいるように思える。見れば見るほど、ホッパーの絵のなかの人々は、どこへも行けないように見える。たとえば「日光浴をする人々」。きちんと正装して玄関先でひなたぼっこをしている人々は、普通の十倍の重力に押さえ込まれているとしか思えない。

たとえホテルの一室のベッドに座って、かたわらに旅行鞄があっても、やはり彼らはどこへも行けないように思える。もしかしたら自分で作り出してしまったのかもしれない見えない殻に、彼らは包まれている。映画『皆殺しの天使』では人々が屋敷から出ようと何度も試みては果たせずに終わるが、ホッパーの人々はもう、そんなことを試みさえしない。彼らは自分たちがどこへも行けないことを知っているのだ。

たとえ彼らが列車に乗っていても、それでもやはり同じことだ。窓の外の風景は、少しも動いていないのである。

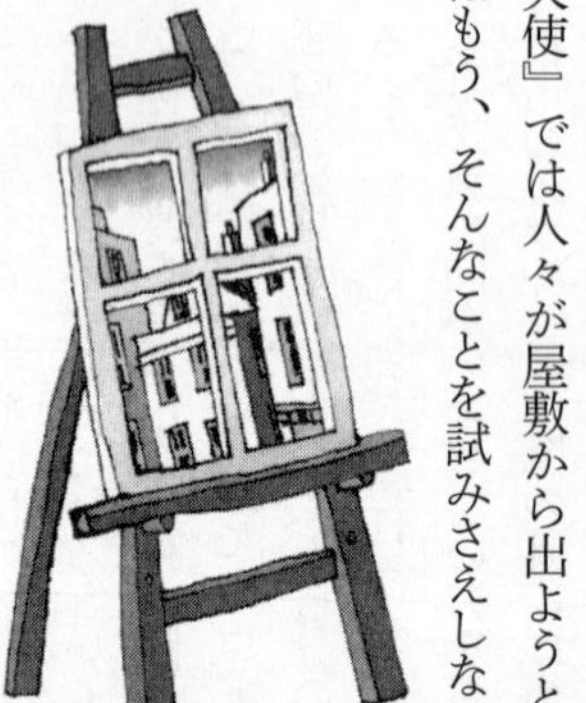

コリヤー兄弟

一九〇九年、両親の離婚を機に、ホーマーとラングリーのコリヤー兄弟二人がマンハッタン五番街二〇七八番地の屋敷で暮らしはじめた当時、三階建ての屋敷の建つ界隈はまだ高級住宅地であった。当時ホーマーは二十七歳、ラングリーは二十三歳。それぞれ弁護士、エンジニアの資格を有する、資産も教養もある前途有望な二人の青年だった。

それから三十八年が過ぎた、一九四七年三月下旬、世捨て人同然にひっそり暮らしてきたこの兄弟が、半月あまりにわたって新聞紙上を賑わせることになる。三十八年のあいだ、他人が入ったことはたった二度しかなかったコリヤー邸から、二つの死体と、総計一二〇トンに及ぶ物品が発見されたのである。

ニューヨーク市警と公共管財局は、二週間あまりかけて、九部屋の朽ちかけた屋敷から、グランドピアノ十四台、パイプオルガン一台、T型フォード車のシャーシ、壊れた発電機、馬車の屋根、時計十個、ラッパ三丁、バイオリン五丁、一万五千冊の医学書、その他数千冊に及ぶ書物、そして、きちんと束ねて天井まで積み上げられた膨大な量の新聞等々を発掘した。

発端《ほったん》は、三月二十一日、チャールズ・スミスと名のる男からニューヨーク市警にかかってきた、「五番街二〇七八番地に死者が出ている」という謎の通報電話だった。現場へ赴いた警官たちが通報の真偽を知るのは容易ではなかった。厳重にロックされた玄関はどうにも歯が立たず、窓にも板が打ちつけられ、やっとのことで地下室の鉄扉をこじ開けたものの、ぎっしり貯め込まれた物たちが行く手をふさいでいた。地下室の裏のドアも開けてみたが、これまた膨大な量の物たちが通行を不可能にしていた。

午後十二時十分、到着から二時間あまり経って、結局二階の窓から屋敷に入った警官が、死後およそ十時間経ったホーマー・コリヤー（当時六十五歳）の死体を発見した。暴力の形跡はなく、手元にはしなびたリンゴの芯が一個あった。だが、弟のラングリー（六十一）が発見されるには、毎日数百～数千人の野次馬に囲まれながらの、二週間以上にわたる捜索が必要であった。

一九〇九年以来、人づきあいもほとんどせずに暮らしていたホーマーとラングリーは、年月とともに近所の住人が様変わりし、街もすさんでいくなか、ますます屋敷に籠《こも》りがちになっていった。ニューヨークにしては例外的に日当たりのよかった、三方にふんだんに窓のあった邸宅は、窓ガラスが割れるたびに、板や毛布や新聞の山でふさがれていった。一九三二年、ホーマーが、五十歳で海事弁護士の職を退いて以来、兄弟の隠遁はほぼ完全になった。莫大な現金を屋敷に隠し持っていると近所では噂されながら、電気代もガス代も払わず（三十八年のあいだに他人が邸内に入った二度のうち一度は、ガス会社の係員がガスメーターを取り外しにくるという事態であった）、一時は発電機で自家発電を試み、料理も小さな石油ストーブで済ませた。水は四ブロック離れた公園まで汲みにいった。

退職した翌年、ホーマーの目が見えなくなっても、兄弟は医者を呼ぼうとしなかった。「我々は医者の息子ですからね」とラングリーはごくたまに接する近所の人々に説明した（彼らの父親はマンハッタンでもよく知られた婦人科医であった）。「病気の治し方くらい自分でわかります。正しい食事をすればよいのです」。彼らが選んだ正しい食事とは、週に百個のオレンジを食べることだった。この食餌《しょくじ》療法も空しくホーマーの視力は回復せず、一九四〇年には体全体が麻痺してしまい、以後は弟ラングリーの世話を受けて生き延びる日々がつづいた。

ラングリーは兄に献身的に尽くした。夜も更けてから、いまやもっぱら黒人の住むハーレムに変容した街を、紐をつけた段ボール箱を引きずりながら歩いて食べ物を漁り、親切な肉屋から肉のかけらを恵んでもらったりした。時には一斤のパンを手に入れるために川を越えてブルックリンまで歩いていくこともあった。そして時おり、兄を慰めようと、ラングリーは十四台あるグランドピアノのどれかに向かい、かつてプロのピアニストでもあったその腕を振るった。気の遠くなるほどの量の新聞をきちんと束ねてあるのも、ホーマーの目が治ったら読めるように、という配慮からであった。

　これだけ奇異な暮らしをして、近所の目を惹かないはずはない。大金を貯めこんでいるという噂以外にも、邸内は宮殿のように豪華に飾られているのだとか、通りの向かいにある（これもかつては兄弟が所有していた）あばら家とのあいだに秘密の通路があるのだとかいった噂が、やがて伝説と化していった。

　巨万の富が隠されているかもしれないとなれば、当然、泥棒が目をつけぬはずはない。が、何度か侵入を試みた彼らも、ラングリーが屋敷内のあちこちに仕掛けたワナ（ぎっしり押し込まれた物の山をちょっとでも動かすと、ゴミが大量に降ってくる）に阻《はば》まれ、あえなく退散せざるをえなかった。結局、前述のガスメーターの一件と、一九四二年、錠前屋を連れた保安官代理数名が、銀行の要請に応じて屋敷を抵当流れ処分にする目的で玄関をこじ開けたとき以外、コリヤー邸に足を踏み入れた者はいなかった（このときは結局、ラングリーが銀行にしかるべき額の小切手を送って処分は中止されたが、くだんの錠前屋は「千ドル貰ったってもう二度とあんなところへは行かない」と述べたという）。

ラングリーの死体発見に二週間以上の時間を要したのも、これらのワナに妨害されたのが一因であった。それでなくても、屋敷内どこも、ぎっしり詰め込まれた物たちのあいだを縫うようにして作られた狭いトンネル以外通行の手段はなく、しかもアメリカじゅうからにわかに出現し相続権を主張しはじめた自称親戚にやかましく言われるせいで物を乱暴に放り出すこともできず（窓から何か物が投げ出されるたびに集まった群衆は歓声を上げた）、当局としては一日一部屋捜索するのが精一杯であった。ニューヨーク住宅局の見積もりでは、コリヤー邸の床では一平方メートルあたり二百キロ以上物を載せるのは危険ということだったが、実際には平均して約四百キロ載っていた。

はじめのうちは一面で大々的に報じていた新聞も、ラングリーがなかなか見つからないものだから、だんだんネタがなくなってくる。謎の通報から五日後、三月二十六日の『ニューヨーク・タイムズ』は、屋敷で見つかった八匹のネコの報道に一段落を割いている。「そのうち一匹は黒白ぶちの雄猫で、右前足を怪我していたため、全米動物愛護協会に連れていかれた」。あるいはまた、「ジャック・ロンドン著『鉄の踵《かかと》』、子供用玩具自動車、女性用帽子三つ、カーテンリング一箱、緑色のバスの玩具、鉛管若干、一九一四年二月二十七日メトロポリタン・オペラで上演された『魔笛』のプログラム」といったふうに、前日の発見物件を列挙するのも定番化していった。ラングリーとよく似た人物がアパートを探しにきたと主張するブルックリン在住の不動産業者も、つかのま話題の人となった。

四月八日、ホーマーの死体発見から十八日後、顔は部分的に腐敗し、足もネズミにかじられたラングリー・コリヤーの死体が、一メートル以上積もったゴミの山の下から発見された。おそらくは、いつものように兄に食べ物を運んでいく最中に、自分で仕掛けたワナに引っかかってしまい、トンネルから出られずに窒息死したものと警察は判断した。彼の方がホーマーより先に死んだことは明らかだった。忠実な弟の奉仕がとだえたせいでホーマーも餓死に追い込まれたことは間違いなかった（死体解剖でも、死ぬ前何日も食べ物を腹に入れていなかったことが判明した）。トンネルに閉じ込められたラングリーの指は、無力な兄の方向に向かって伸びていた。二人の死体は三メートルしか離れていなかった。

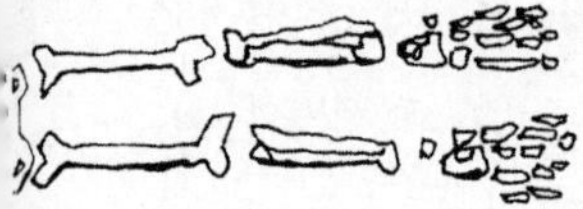

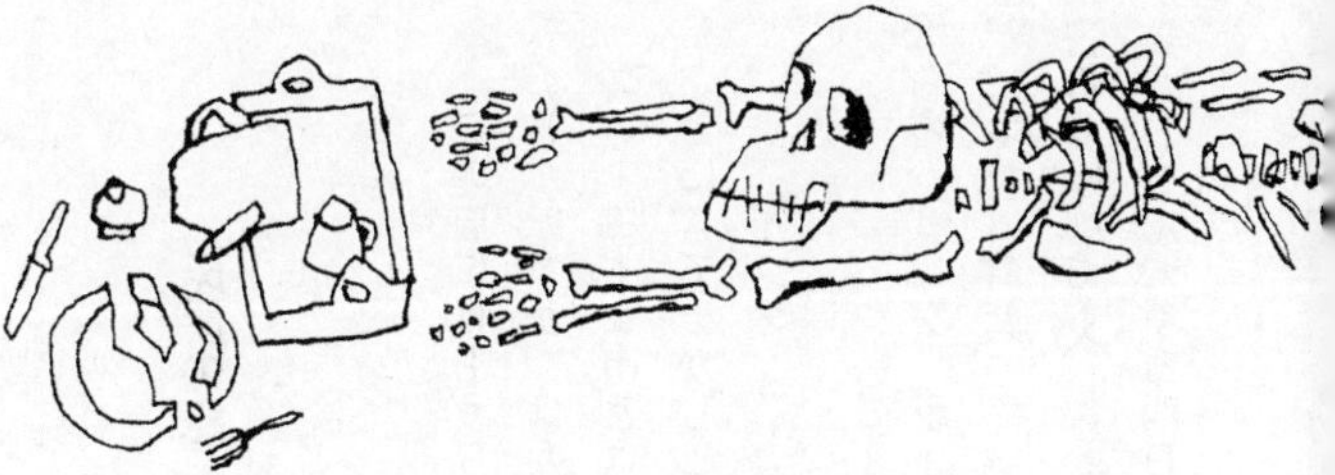

ほぼ四十年にわたってコリヤー兄弟が拾ったり買ったりしてため込んだ一二〇トンの物たちは、結局その大半が競売で売却された。

（※『ニューヨーク・タイムズ』一九四七年三月二十二日〜四月十日／『ライフ』一九四七年四月七日／『タイム』一九四七年四月七日／『ニューヨーカー』一九四七年四月五日、六月十四日、二十一日／ジェームズ・トレーガー『世界史大年表』鈴木主税《ちから》訳、平凡社／『グランド・ストリート』五十四号一九九五年秋「空間」特集／協力・東京大学教養学部アメリカ研究資料センター）

床屋の話

この店にはもうひとり理容師がいましてね、土曜だけカーターヴィルから手伝いにくるんですが、ほかの日はあたしひとりで間に合うんでさあ。ご覧のとおり、ここはニューヨーク市とはちがいますからね、それに男はみんな一日じゅう働いてますから、ここにきてめかしこむ暇なんてありゃしないんでさあ。

(リング・ラードナー、加島祥造訳「散髪の間に」、『アリバイ・アイク』所収、新潮文庫)

もちろんリング・ラードナーが語りの名手だということもあるだろうが、床屋という場ほど、少ない言葉で経済的にぴたっと情景を定められる場所も少ないのではあるまいか。田舎町の床屋でも、都会の床屋でも、ほんの数行で、我々はもうその店のなかにいて、窓からさしこんでくる西日に目を細めながら、煙草を喫って新聞を読んだり、散髪中の客の後頭部を吟味したり、顔馴染《なじ》みの客同士が町の噂話に花を咲かせるのを聞くともなく聞いたりしている。

少ない言葉で明確に情景が決まるのは、国や時代は違っても、床屋のなかに置かれた物たちがかなりの部分共通しているからだろう。鏡があって、椅子があって、客には白い布が掛けられ、清潔な木の床、剃刀《かみそり》を研ぐレザー、表にはお馴染みの赤白青のサイン。まあ多少高そうな店、安そうな店、モダンな感じの店、古臭い店、といった違いはあるだろうが、床屋は床屋、である。それほど違いはしない。

これがたとえばレストランだったらそうは行かない。高いも安いも本当に千差万別であり、フランス料理イタリア料理中華料理インド料理日本料理等々「国籍」によっても雰囲気は全然違うし、一国籍のなかでも蕎麦《そば》屋あり寿司屋ありお好焼き屋あり、店の大きさだって何の基準もない。とりあえずどういう店かを伝えるだけでも、床屋の三倍くらい言葉が要りそうである。短めの短篇小説には床屋こそぴったりという気がする。

もちろん、基本的にはどこも同じでも、それらのあいだの微妙な差異を問題にすることは可能である。

たとえば、駅から遠く離れた辺ぴな床屋があります。古い椅子が三つくらい、茶色い木のニスが剥《は》げた額縁入りの大鏡、真鍮《しんちゅう》のメッキが擦《す》り減ってツルツルに光っているドアの把手。バネの飛び出た長椅子の端には、禿頭《はげあたま》の店の親父がキセルで煙草をふかしながら、赤い見出しのスポーツ新聞を読んでいる。そういう、使い古した洗面器のような床屋があります。こういう店は僕は好きです。眺めて通るのに風情《ふぜい》がありますね。ちょうだけど自分がはいるには迫力があり過ぎるのです。はいったら最後、髪の毛の裾の方からまるで遠浅の海岸のように見事な薄さで刈り上げられていき、その頂上はカッチリと七三に振り分けられて、その上をピッタリと固め上げるポマードの彫刻。

（……）こちらは使い古しの洗面器ではなくて、まだ買い立てのステレオという感じです。まだ店内の改装をしたばかりというういでたちで、表にはいろいろなヘアスタイルのイラストレーションなどが飾ってあって、美容院のような床屋です。パーマがどうとかトリートメントがどうとか書いてあって、もう単なる床屋ではないという感じなのです。

こういう床屋も恐いですね。何かを主張されてしまいそうな気がします。はいったとたんに何か新しいものを押しつけられてしまいそうな予感がします。多分これは本当ですね。こういう店にはいったら最後、髪の毛がチリチリのパーマになって、裾の方に大きなウエーブをつけられ、全体がブロンドに染められて、あっという間に前髪は愛くるしくカールしてしまい……

（尾辻克彦「肌ざわり」、『肌ざわり』所収、中公文庫）

傑作な描き分けというほかないが、床屋というものに関して、これでその極北から極南までが捉えられてしまっている気もする。ほかのすべての床屋は、この二点（二店）を結んだ線上に位置しているにすぎない。

客がなかば身動き不可能な状態に置かれ、店の人間がその客に対しなかば凶器のようなものを使用して何らかの作業を行ないその報酬として金を請求する、という点では歯医者も床屋と共通しているが、歯医者では客が噂話に花を咲かせることもあまりなさそうで、演劇性においていささか劣ることは否めない。みんな来たるべき拷問的状況を胸に描いているのか、たいていむすっと黙っている。男声四部の無伴奏コーラスを「バーバーズ・カルテット」と呼ぶのは、かつて床屋で待つ客たちが退屈しのぎに歌を歌う習慣があったからだが（店に楽器が用意してあることも多かった。イギリスで十六、十七世紀に流行し、アメリカで十九世紀に復活）、「デンティスツ・カルテット」なんて聞いたことがない。

そもそも床屋個人と歯医者個人を較べても、床屋の方がはるかに小説的なキャラクターである。レイモンド・カーヴァーの「静けさ」という短篇（村上春樹訳『レイモンド・カーヴァー全集2 愛について語るときに我々の語ること』所収、中央公論新社)に、「でも彼はどんなことについても話をすることができた。そういう点では、彼は良き床屋であった」という一節があるが、歯医者はそこまで能弁である必要はない。逆にあまり能弁だと、歯医者としての能力と見識を疑われてしまいかねない。

冒頭に引いたリング・ラードナーの「散髪の間に」では、いかにも話好きで人のよさそうな床屋が、町の名物男ジムについていろんな脱線を交えて面白おかしく語る。

ご存じでしょうが、こういう町では、誰かが死んでひげを剃ることになると、理容師が呼ばれて、ひげ剃り代として五ドルもらえるんです。もちろん死んだ人からもらうんじゃなくて、それを頼んだ人からもらうんですがね。あたしは死人のひげ

を剃ることを気にしないんで、三ドルでしてあげることにしてます。死人のほうがずっと静かにしていてくれますからね。ただし死人相手だと話をしながらというわけにはいかないんで、その点がちょっと淋しいですがね。

——というあたりがこの床屋の真骨頂。ところが、話はだんだん笑い事では済まなくなってきて、町の名物男がある女性に悪戯《いたずら》を仕掛けて深く傷つけ、彼女を慕《した》うちょっと知恵の足りない男に射ち殺されてしまう。でも床屋は、「まあ自業自得ってところでしょうかねえ。そうは言うものの、ジムがいなくなって、この町も淋しくなりましたよ。やつはたしかにおもしろい男でしたからねえ！」と、相変わらずさして深刻にもならずに喋っている。人生に達観しているのか、とことん鈍感なのか、よくわからない。

カーヴァーの「静けさ」の床屋はもう少し普通で、鹿撃ちの話をめぐって客たちが言い争いをはじめると、喧嘩なら外でやれ、と一同を叱る。また出直してくる、と言って客たちは一人また一人と去っていき、ただ一人口論に加わっていなかった、散髪をしてもらっている最中の「私」だけが残る。『さて、あんたはどうします？　このまま最後まで散髪しますかね？』と床屋が私に言った。まるで私がすべての原因であるみたいに」（傍点引用者）。わかるなあ、と思う。理屈には合わないけど、いかにもこうした状況に置かれた人間がとりそうな態度だ。

口論の発端は、鹿撃ちに行って老いた鹿に傷を負わせた男の自慢話で、血やはらわたがやたらと話のなかに出てくる。また、男に喧嘩をふっかける老人は、肺気腫《はいきしゅ》でもう長いことはない。老人は明らかに、老いた瀕死の鹿に自分を重ねあわせている。話全体に、暴力や死の匂いがみなぎっているのである（だからこそ、「私」が一番最後で感じる「静けさ」がより輝いて見えるのだが、まあこれは別の話）。「散髪の間に」もそうだし、どうも床屋が使う道具が限りなく凶器に近いせいか、床屋の話には死が頻出する気がする。

V・S・プリチェットの「床屋の話」（原題"You Make Your Own Life" 柴田元幸訳『月刊カドカワ』九六年十一月号）でも死がつかのま顔を出す。ただしこちらは自殺、しかも未遂。「散髪の間に」「静けさ」の床屋と似たような田舎町の小さな床屋のあるじが、語り手の「私」に、「私」の前に散髪していた男の話を語る。この床屋には美人の恋人がいたが、男はその美人に横恋慕《よこれんぼ》をする。だが——途中経過は省略すると——恋人同士の思いは揺るがず、床屋と美人は無事結婚まで至る。恋に破れた男は、君の花婿がくれっこないものを僕は君にあげるよ、と言ってナイフで喉《のど》を切り自殺を企てるが、失敗して生き延びる。やがて喉の傷も心の傷も癒えたものの、刃物だけはそれ以来使えなくなってしまい、男は毎日、かつての恋敵にひげを当たってもらいにくる……。そんな話をしながら、床屋が鏡の方を向いて、まさにいま使っている最中の剃刀ですっと自分の喉を切る真似をしてみせるあたりが、コミカルにしてかつリアル。

そういえば、こんな小話もある。

ある口下手な床屋が宗教にめざめた。客たちにも神の福音《ふくいん》を説きたいが、どう切り出したらいいかわからない。椅子の背を倒して仰向けに座り喉をさらしている客に向かって、床屋は剃刀を片手に、思いきって言う。「ミスター・ジョーンズ、あなた、この世を去る心構えはできてますか？」

（※「床屋の話」拙訳はその後アンソロジー『燃える天使』（角川文庫）に収録された。）

火について

おまえにはダイヤモンドがあって
きれいな服があって
お抱え運転手がおまえの車を運転し
おまえはみんなに見せびらかす
だけど　おれをもてあそぶなよ
おまえは火と遊んでるんだぜ

——ローリング・ストーンズ初期の曲『プレイ・ウィズ・ファイア』の出だし。貧乏人のワルが金持ちの女の子に向かって、労働者階級を甘く見ると痛い目にあうぜ、と言っている、いかにもストーンズらしい歌詞だが、そのわりに歌い方は全然攻撃的でなく、ミック・

ジャガーの歌いぶりはほとんど女々しいと言っていいくらいである。バックにしても、チェンバロやストリングスを使った典雅な音。このミスマッチはいったい何なんだ、と前々から不思議に思っている。

さて、play with fire というフレーズは、日本語の「火遊び」と同じく、「危険なものに手を出す」という意味の成句である。そういう比喩的な意味が発生したのは十九世紀末だが、むろんそれ以前から、文字どおりの「火遊び」の意味で使われていたことは間違いない。子供の玩具といっても、人形と絵本くらいしかなかった昔、色も形も妖《あや》しく千変万化《せんぺんばんか》する火は、さぞ魅力的な「玩具」であったことだろう。火遊びが「禁じられた遊び」だったことも、その誘惑をますます抗《あらが》いがたいものにしたにちがいない。

マリア・タータ一（日本では「タタール」とも）の『奴らの首を切れ！』(Maria Tatar, *Off with Their Heads!* [Princeton UP, 1992]) という西洋おとぎ話の研究書によると、十九世紀の欧米で出版されたおとぎ話には、火だるまになる子供の話が異様に多いという。「そうなのです、彼女はある日一人取り残され、きっと火遊びをしたのでしょう、服は背中から焼け落ち、体じゅう黒焦げになって、翌朝大いなる痛みとともに死んでいったのです」（一八〇二年刊『ささやかな真実、子供の訓育のために』）といった具合。

ずいぶん残酷な展開だなあと思うが、ターターによれば、こういう「火遊びが悲惨な結末にいたる話」は、一方で「親の言いつけをきかない子供には罰があたる」ことを教える、従順な子供を製造する教訓話として機能したが、その一方で、火というものの現実的な危険を子供に伝える上でも役立っていたという。エアコンもガスファンヒーターもなく、火が今日よりずっとむき出しだった当時の家庭にあっては、人間はいまよりずっと「燃えやすい」状態にあった。火の危険性を知ることが、文字どおり生死にかかわる問題だったというのである。

人間が「燃えやすい」のは、むき出しの火が身の回りにあるからだけではなかった。十九世紀の欧米の小説には、人間の体が自然に発火する話がしばしば出てくる。一本のマッチさえなくとも、内部から自発的に火が生じるというのだ。

ベア・クリークの落ち口にあった畜殺場はなくなっていた。その近くに昔あった小さな留置所（豚箱）も消えていた。「例の町の飲んだくれのジミー・フィンが豚箱で焼け死んだときのことをおぼえているかい？」とこの町に住む人にきかれた。まあどうだろう、時間の経過と人の記憶の悪さがいかに歴史をゆがめることか。ジミー・フィンは豚箱で焼死したのではない。タンニン液の大桶のなかで、アル中のせん妄状態と自然発火が重なって自然死をとげたのだ。ジミー・フィンのような男にとってはそれも自然死だという意味でわたしは言っている。

（マーク・トウェイン『ミシシッピの生活』吉田映子訳、彩流社）

文中の「自然発火」は、spontaneous combustion。むろん物質の自然発火の意味ではいまでも使われる言葉だが、これが十九世紀の小説では、人間について盛んに使われたのである。シャーロット・ブロンテ『ジェイン・エア』やディケンズ『荒涼館』にも出てくるし、ガストン・バシュラール『火の精神分析』（せりか書房）では、バルザック『従兄ポンス』、ゾラ『パスカル博士』といった実例が紹介されている。

すでに五フラン貨ぐらいの大きさになっている布地の穴を通して、むきだしの太腿が、そこから小さな青い焔《ほのお》を発している赤味を帯びた腿がみられた。はじめフェリシテは下着かパンツかシュミーズが燃えているのかと思っていた。ところが疑う余地もなく、彼女は生身を見ていたのだ。そこから小さな青い焔が、燃えているアルコールの壺の表面を焔がちろちろとなめるように、かろやかに、舞い踊りながら洩れ出ているのだった。その焔は燈明《とうみょう》の焔より殆《ほと》んど高くもなく、静かで穏やかであり、空気のほんのちょっとしたふるえにもゆらぐほど不安定であった。

（『パスカル博士』、前田耕作訳『火の精神分析』に引用）

「燃えているアルコール」という比喩には必然性がある。人間が自然発火するのは、『ミシシッピの生活』にもあるように、長年にわたる深酒《ふかざけ》のせいで体内に大量のアルコールが蓄積されたためと考えられていたからである。

バシュラールが言うには、十九世紀には自然発火はすでに一種のジョークとなっていて、かならずしも本気に扱われていたわけではないが、十八世紀にはそれは立派な事実として信じられていた。ドイツで出たある年鑑には、三人の男が飲み比べをしたところ二人は腹から火を吹いて死んでしまったという記述があり、アムステルダムで出たある書物には、ブランデーをしこたま飲んだ男が自分の吐いた火で焼け死んでしまったとある。

科学書においても、この問題が真面目に論じられていた。「われわれは強い酒の習慣的喫飲《きついん》と飲み過ぎとによって、その体にいやというほど酒精《しゅせい》が滲《し》み込んでいる酔っぱらいが、突然、ひとりで火をふき、この自然発生的燃焼によって燃え尽きてしまったという、そんな例を見かけたことがなかっただろうか」といったふうに。

言うまでもなく、自然発火を遂げるためには、ビールなぞといった生ぬるい（？）酒を飲んでいては駄目である。たとえば一七六三年にロンドンで自然発火死した五十歳の女性は、「一年半の間、ずっと毎日一パイント（約半リットル）のラム酒或《あ》るいは火酒（ブランデー）を飲んでいた」。まあそれだけ飲んでりゃ、完全な自然発火は無理としても、マッチ一本あれば簡単にボッといきそうである。

『精神、魔術、神秘の百科事典』（Francis X. King, *The Encyclopedia of Mind, Magic & Mysteries* [Dorling Kindersley, 1991]）によれば、二十世紀に入っても、自然発火としか思えないような例がいくつか報告されている。たとえば一九五一年、フロリダ州セント・ピーターズバーグに住む六十七歳の未亡人メアリ・リーザーのマンションから彼女の焼死体が発見されたが、まわりの物たちはほとんど燃えていなかった。死体のすぐそばに、新聞の山もあったにもかかわらず、である。高熱のせいで、彼女の頭蓋骨はグレープフルーツ大に縮んでしまっていた。これだけの熱があれば、マンションじゅうが燃えてしまってしかるべきなのである。この謎を何とか説明しようと、医師は次のような説を打ち出した。リーザー夫人は誰か火葬場を利用できる立場にある者によって誘拐された。犯人は夫人を殺害し、高熱で火葬したのち、その焼死体をマンションに持ち帰った……。ま、そりゃ、つじつまは合いますけどね。

電気の登場以前は、暖房・料理のみならず、照明ももっぱら火の領分であった。幻燈機《げんとうき》だって、はたまた世界初の内視鏡（一八〇四年発明）だって、光源はろうそくの炎だった。十九世紀前半にロンドンで人気を博した「ディオラマ館」は、いわば巨大なのぞき絵で、三次元的な「奥行きのイリュージョンを持つ平たい一枚の絵」（R・D・オールティック、小池滋監訳『ロンドンの見世物』国書刊行会）を、客が壁の開口部からのぞき見る仕組になっていた。天窓などを駆使して自然光を最大限に活用するのがディオラマの特徴のひとつだったが、得意の出し物「大火災」はさすがに自然光だけでは足りず、テレビン油などを実際に燃やして、燃えさかる大火の情景をリアルに再現した。

ところが、当時人々の記憶にまだ新しかった『ヨーク大会堂の炎上』を上演していたある日のこと、テレビン油の炎が絵に移ってしまい、火事のシミュレーションが本当の火事になって、数時間後にはすべてが灰と化してしまった。それでも（あるいは、そんなハプニングもあったから余計に？）、大火災はその後も人気出し物でありつづけた。

まずその美しい町が暗闇の中にひっそり眠っているところが見え、やがて火事が出、火は勢いを増し、空を焦がした。たちまちにして、風が強くなり、屋根が崩れ落ちるたびに紅蓮《ぐれん》の炎がどっとばかりに天にかけのぼり、炎に照らされた壁という壁、尖塔《せんとう》という尖塔が反射する光も強烈だ。――それからもの凄い煙が次々と噴《ふ》きあがっては風に乗って北に流れていき、遠くにぽっかりと口をあけた如法《にょほう》の漆黒《しっこく》の中に呑まれる。その戦慄《せんりつ》の光景を見て心おだやかな人間などいず、その町を知る人にこの見世物が与える衝撃は、直接本物の大火を見た人が受けた衝撃に比べても決して小さいものではないのである。（当時の観客のコメント、『ロンドンの見世物』より）

火事が華《はな》だったのは、どうやら江戸だけではないらしい。けれど、人の心を打つには大火災なんか要らない。何本かのマッチがあれば十分だ。アンデルセンの、「マッチ売りの少女」。火を使った物語のなかで――というより、あらゆる物語のなかで――これほど悲しく美しい物語はほかにない。「何本かのマッチがあれば十分」という言い方は正しくあるまい。マッチでなくてはならないのだ。いや、時代下って、少女は街角で使い捨てライターを売る――もうあの詩情はそこにない。

自転車に乗って

地上を移動するために、人間の筋力がもっとも効率よく発揮されてその目的を達成できるのが自転車である。人間の筋力と技能が要求されて目的を成就《じょうじゅ》することができるのが道具であるとすれば、自転車はマシンというよりも道具というべきであり、21世紀に継承される数少ない道具のなかの一つであろう。

(内田謙『日本大百科全書』小学館)

都会はもう二十世紀をひた走っているのに、ここはまだどっぷり前世紀に浸《つ》かったポーランドの片田舎のユダヤ人集落。「ものすごく大きい鉄の虫」を見た、と主張する子の話を、みんなはてんで信じずに聞いている。

「で、お前、その虫に刺されたわけ？」と僕はあざ笑って言った。

「馬鹿なこと言うなよ。子供が乗ってたんだよ、虫に」

「ふうん、馬みたいにか？」

「うん、ただ馬よりずっと痩せてたな……骨が見えたよ」

（メルヴィン・ジュールズ・ビュキート「キルトと自転車」Melvin Jules Bukiet, "The Quilt and the Bicycle" in *Stories of an Imaginary Childhood* [Northwestern University Press]）


やがてみずからもその「虫」を目撃し、自転車が欲しくてたまらなくなった「僕」は、ユダヤ民族の証しともいうべき大事なキルト（「僕のキルトは眠りの袋だった。パンケーキのなかのジャムみたいにキルトの下にくるまれた僕は、窓の霜からも守られていた。寒気も、病も、そのパッチワークを貫けはしなかった。恐怖も、幻滅も、落胆も」）を自転車と交換してしまう。どういう展開になるか、まあだいたい見当はつく。ユダヤ系文学で、ユダヤ人としてのアイデンティティを「捨ててよかった」という話にはお目にかかったことがない。

映画のなかの自転車というと、『E.T.』の「空飛ぶ自転車」のメルヘン的場面あたりが今日では一番ポピュラーかもしれないが、個人的に応援したいのは、もっとずっと暗い、ご存じ『自転車泥棒』。失業者のあふれる、終戦直後のローマ。自転車持参の条件で職にありついたものの、働き出したとたんに自転車を盗まれてしまった男が、子供を連れてローマの街を自転車を探して歩く。とうとう、絶望のあまり、子供の見ている前で、他人の自転車を盗もうとしてつかまってしまう……。

つげ義春もこの映画を絶賛していたが、そのつげ義春の漫画にも自転車がよく出てくる。「ひどく外がふくらんでいる」気がして自転車で行きつけの喫茶店へ行ってみたら、いつのまにか改装されて豪華なダンスホールになっている。主人公がテーブルのかたわらに自転車を置き、「恥かしいな　こんなボロ自転車を大切そうに」とうつむいているシーンが妙に切実（「外のふくらみ」、『必殺するめ固め』所収、晶文社）。どうも自転車には暗い雰囲気が似合う。あ、でも小津安二郎監督の『晩春』の明るい自転車シーンはいい。原節子が、いつになく屈託《くったく》のない笑顔を浮かべて鎌倉の海岸を走る姿は本当にさわやかだ。でもこれも、ここで一緒に走っている宇佐美淳《じゅん》と彼女が結ばれないことが、こちらにわかっているせいかもしれない。

いまやすっかり自動車社会のアメリカでは、自転車の出る幕などないと思っていたので、シリ・ハストヴェットの新作『リリー・ダールの魅惑』（Siri Hustvedt, *The Enchantment of Lily Dahl* [Henry Holt]）にはちょっと驚いた。田舎町に住む十九歳のリリー・ダールは、いつの日かニューヨークへ行くことを夢見てお金を貯めているので車も持たず、どこへ行くにも自転車。

風を顔に受けながら、リリーはいっそう力を入れてペダルをこぎ、トウモロコシ畑の方に目をやった。広い、平べったい畑に並ぶ茎はまだ短いが、日増しに伸びてきている。空は昨日とはうって変わって晴れわたり、太陽が顔に熱かった。

リリーは自転車の鍵をつかんで、番号をまわしはじめた。数字を見るために、小さな輪のすぐそばまでかがみこまねばならず、またしても、背中がひどく無防備な気がした。彼女は鍵をぐっと引いた。開かなかった。すごくゆっくり、もう一度数字を合わせた。

リリーはペダルをこぎはじめた。「ノー！」と彼女は言った。その「ノー」が、あたりの空気に反響するように思え、ほんの数秒後には、自転車のタイヤが鉄道の線路の上を弾むのを彼女は感じていた。

――といった、一つひとつは何ということのない描写がくり返されるうちに、彼女そっくりの謎の娘が町のあちこちに出没するなか、見えない悪意が自分に迫ってくるのを感じているリリーの抱く、自分が「無防備」(vulnerable)であることの心細さ、そしてその裏返しの倒錯的快感とが、じわじわ伝わってくる。彼女が自動車で街を回っていたら絶対こうはいかない。前作『目隠し』のアイリスを包んでいた、皮膚が文字どおり人より薄いような心細さが、今回は自転車という客観的相関物《そうかんぶつ》を得て、より雄弁に表現された。

しかし、最大の自転車小説と呼ばれる栄誉は、やはりフラン・オブライエンの『第三の警官』(大澤正佳《まさよし》訳、筑摩書房、絶版)に与えられねばならない。話がはじまってまもなく主人公が死んでしまうにもかかわらず、本人はそれに気づかず最後まで来てしまうということの怪著で大きな位置を占めているのが、ド・セルビィなる思想家の思想(「光が空間を移動するにも時間はかかるわけだから、鏡を無限に向き合わせれば昔の自分が見えるはずである」とか)と、もうひとつ、自転車である。

「マイケル・ギラーニィは」と巡査部長が言います。「原子説の原理によって多大の影響を蒙《こうむ》っている男の一例なのだ。彼が半ば自転車であるという事実はあんたを仰天させることになるだろうか?」

「仰天も仰天、無条件の仰天です」とぼくは言いました。

「マイケル・ギラーニィは」と巡査部長が言います。「六十に手の届く年齢であって、これは簡単な計算によって推定しうるのだ。この算定に間違いがないとすれば、彼の人生のうち少くとも三十五年間は自転車の上で費やされたことになる――岩だらけのごろごろ道やら上り坂に下り坂を乗りまわし、それに冬のさなかの道なき道では深い溝に飛びこんだりして。毎時間ごとに彼はかならず自転車にまたがっているのだが、それはどこやら特定の目的地目ざして走り去るところか、あるいはそこからの戻り途《みち》かのどちらかなのだ。月曜日ごとに彼の自転車が盗難にあうということがないとすれば、今頃は彼も間違いなく途の半ばを過ぎている頃合いだ」

「どこへ通じる途の半ばなんですか？」

「彼自身が自転車と化する途の半ばだ」と巡査部長が言いました。

接触している二つの物体にあっては、原子が少しずつ行き来しあうことによって、物体

Aは次第に物体B化していき、物体Bは逆にA化していく。この原理的にはむろん正しい「原子説」にしたがって、アイルランドの警官はみな自転車化しつつあると巡査部長は説く。ここで名の挙がっている警官ギラーニィには特にその傾向が著しく、すでに四八%が自転車化しているという。むろん、ギラーニィの自転車が四八%ギラーニィ化していることはいうまでもない。

巡査部長の曾祖父《そうそふ》は、一頭の馬に長年乗りつづけたため、晩年は「外的な外面」をのぞいてはほとんど馬になりきっていたという。馬の方は、若い娘にくり返しちょっかいを出して射殺されてしまったが、巡査部長に言わせれば、射殺されたのは曾祖父であって、墓地に埋葬されているのが馬なのである。

そういえば最近、十何%かコンピュータ化していると考えると合点のいく人間がけっこういるように思うし、睡眠が何より好きな僕の同居人は、心なしか蒲団化してきた気がする。

Ⅳ

エレベーター・ミュージック

すべての人を喜ばそうとする試みは、往々にして誰をも喜ばさない結果に終わる、という命題が真実かどうかはわからないが、「エレベーター・ミュージック」の最大の存在意義は、まさにこの命題の正しさを、身をもって証明することにあるのではないかという気がしてならない。

エレベーター・ミュージックとは、たとえばデパートのエレベーターなどで耳にする、あたりさわりのない人畜無害なバックグラウンド・ミュージックのことをいう。むろん蔑称である（用例――「バリー・マニロウなんてしょせんエレベーター・ミュージックだよ」）。アメリカでは、最大の有線放送会社の名をとって「ミューザック」とも呼ばれる。日本だと、特売のお知らせやら各種催し物のご案内やらをのべつまくなしに流しているのでエレベーター自体ではあまり聞かされないが、それ以外のいたるところで耳にすること

は言うまでもない。「エーゲ海の真珠」とか「恋は水色」とか、刺激的な音を入念に取り除いたアレンジで、自己主張を極力排した音作りだが、これが気になり出すとけっこう気になる。そしていったん気になり出したら、どこへ行っても、広義のエレベーター・ミュージックから逃れるのは難しいことを思い知らされる。商店街を歩いていてもいささか物悲しいBGMがトランペット・スピーカーから流れているし、プールへ行けば安手のハワイアンが鳴っていて、花火を楽しむにもまず一時間のビッグバンド演奏（と「盛大な拍手」の強要）に耐えねばならない。いまや世界全体が「エレベーター化」しているように思える。イギリスあたりは日本ほどひどくはないと思うのだが、それでも『BGMを聞かずにすむ店ガイド』(*Muzak-Free London: A Guide to Eating, Drinking and Shopping in Peace*) なんて本が出ていたりする。

かつては「快い音楽がさりげなく聞こえるのが高級」ということもあったかもしれないが、今日のようにいたるところで音楽が流れている世界では、余計な音楽なんかない方がよっぽど高級である。「エレベーター・ミュージック」という言い方には、気分を高揚(elevate) させるというニュアンスも（皮肉として）こめられているが、ビヤホールでベンチャーズの「北国の青い空」なんか聞いたら、たいていの人間は高揚するどころか、人生それ自体に疑問を感じてしまう。

というわけで、当事者の方々には申し訳ないが、エレベーター・ミュージックなんてものは単に惰性《だせい》で存在しているにすぎず、およそ真剣な考察に値するものではない、と思っていたのだが、しばらく前にアメリカの真面目な小出版社から、ずばり『エレベーター・ミュージック』という研究書が出た（Joseph Lanza, *Elevator Music: A Surreal History of Muzak, Easy-Listening, and Other Moodsong*, 1994, St. Martin's Press）。

グレゴリオ聖歌、エリック・サティの「家具の音楽」といった〈先駆者〉や、ウィンダム・ヒル、ブライアン・イーノの「アンビエント・ミュージック」といった〈後継者〉との文脈作りもぬかりないが、本全体の核はやはり、エレベーター・ミュージックの代表者たち（「夏の日の恋」のパーシー・フェイス、世界各国の風俗をイメージ音楽化した101ストリングズ、お色気で売ったミスティック・ムーズ・オーケストラ……）の紹介と、ミューザック社の歴史を述べた部分。

奇妙なエピソードもいろいろ出てくる。たとえば一九七〇年代末、ミューザック社は経費節減のため、音楽ソースのストックを、安く買える外国の楽団による録音に頼るようになり、なかでもチェコのブルノ・ラジオ・オーケストラなるアンサンブルを多用しはじめた。この楽団、元はといえば、スターリンの教義を浸透させるべくソ連政府の肝入りで設立されたのだが、時代変わってそれが、キャデラックやバドワイザーとかいった資本主義の福音を浸透させるのに貢献するようになったわけである（もっとも、さすがに金をケチりすぎたか、八〇年代前半にはミューザックのストックのうち何と七五パーセントがブルノの録音になり、この時期、加入者の数は激減した）。

またこの本には、「バックグラウンド・ミュージック」という言い方は近年では同語反復でしかない、なぜならいまやすべての音楽がBGM化しているのだから、といった鋭い指摘も随所に見られるし、南カリフォルニアのあるセブン‐イレブンでは店にたむろするティーンエイジャーを追い出すためにミューザックを使って成功した（人間蚊取り線香としてのエレベーター・ミュージック！）なんて話も愉快。晩年のジョン・レノンはヨーコが出かけているとき自宅でミューザックを好んで聞いていたという逸話には驚いた。と、なかなかいい本ではあったが、残念ながらエレベーター・ミュージックに対する著者の愛情までは伝染しなかった。

最近では、北欧インストとかいったサブサブジャンルにまでかならずマニアがついているみたいだけど、エレベーター・ミュージックにもやっぱりマニアはいるのだろうか。トマス・ピンチョンの『競売ナンバー49の叫び』のヒロインの夫は、街なかでミューザック

の音楽を聞いて「十七台のバイオリンのうち一台のE弦が数ヘルツ高い！」と、パラノイアを主題とするこの小説にふさわしいパラノイアックな指摘をしてみせるが、まあそこまで行かなくとも、日本橋三越のBGMと銀座松坂屋のBGMとの違いを目を輝かせて語れる人がいたとしたら、いかにもそれっぽいモンド・ミュージックの即席マニアあたりより、ずっと尊敬できる気がするのだが。

（※『エレベーター・ミュージック』はその後邦訳が出た。ジョゼフ・ランザ『エレベーター・ミュージック／BGMの歴史』岩本正恵訳、白水社、絶版）

アメリカを見る目

クリスマスも近い銀座の街を歩いていたら、四丁目の三愛《さんあい》前の地下鉄の階段から、髪を肩まで伸ばした中年のアメリカ人が出てきた。髪が長いこと以外は、アメリカのどこにでもいそうなパッとしないおっさんだが、見ようによっては、かつてクロスビー・スティルス&ナッシュの一員として活躍したデイヴィッド・クロスビーに似ていなくもない。

さらにふたり、中年の白人男が出てくる。これまたごく平凡な、アメリカやイギリスのどこにでもいそうなおじさんたちである。観光で来ているとしたらきっと円が高くて大変だろうな、と余計な心配をしてしまう。ひとりの方は、見ようによっては、かつてクロスビー・スティルス&ナッシュの一員として活躍したグレアム・ナッシュに似ていなくもない。さと思ってよく見てみると、最初のひとりは本当にデイヴィッド・クロスビーだった。さらによく見てみると、あとの方のひとりは本当にグレアム・ナッシュだった。もうひとりがスティーヴン・スティルスかどうかは、背を向けていたので確認できなかった。

彼らはしばしあたりをキョロキョロしたあと、若いカップルをつかまえて道を訊いたが、カップルは「きゃークロスビーさんだわ〜」とか「どひゃーナッシュさんだ！」と興奮したりすることもなく、まったくアメリカの田舎者ときたら、と言わんばかりにシラケきった顔で、冷たく「ポリス・ステーション」と言いながら角の交番を指さした。三人は交番に直行し、求めていた情報を得たのか、数寄屋橋《すきやばし》方面に歩き去って行った。

クロスビー・スティルス&ナッシュ、あるいはこれにニール・ヤングが加わったCSN&Y、という名が今の十代、二十代の人たちにどれくらいインパクトがあるかはわからないが、七〇年代前半あたりに思春期を送った人間には実になつかしい名前である。アコースティックな音に支えられた、誰がメインでもない三部構成のハーモニー、各自バラバラな曲作り（アナーキーなC、知的なS、暖かなN）は、六〇年代的な「みんな一緒に」の理想と、七〇年代的な内省志向との絶妙なブレンドだった。ギターを弾く人間だったら誰もが、スティーヴン・スティルスのDADDADのオープン・チューニングを一度は真似した。僕を含む多くの日本の若者にとって、要するに彼らは人間というより神様だった。

ところが、そのかつての神様が目の前にいるというのに、しらけきった若者同様、僕自身ほとんど興奮を覚えなかったのだ。もともとそういう時にさっと足なり口なりが出る方ではないが、とにかく、彼らが若いカップルに道を訊き交番に向かい立ち去るまで、ただぼさっと見ていた。でも、もし足と口が出たとしたら、きっととっさに口をついて出たのは"You guys *were* my heroes!"という過去形の言葉だったに違いない。

もちろん、仮にそこにニール・ヤングが一緒にいたとしたら、話は全然違っただろう。残念ながらクロスビーらが基本的には過去の自分を模倣することでこの二十年を食いつないできたのに対し、ニール・ヤングは六〇年代からずっと現在進行形でありつづけている。たぶん僕はやっぱり足も口もでなかっただろうが、それはあまりに興奮したからだったに違いない。

でも、いくら「過去の人」になってしまった人たちだからといって、何の興奮も覚えないどころか、ほとんど見下すように、「アメリカの田舎のおっさん」を見る目で自分も彼らを見たことに気づいて、何だかとても自分が情けなかった。

先日来日したイーグルスのコンサート評でも、アイダホあたりのおっさんが頑張ってる感じでカワイかった、といったコメントがあったけれど、どうも僕らは——と話を一般化してしまいますが——「アメリカ」を簡単に見下す癖を身に付けか

けてしまっていないだろうか？　神様だったロック・ミュージシャンが「アメリカの田舎のおっさん」になったというだけではない。以前は「アメリカの田舎のおっさん」という軽蔑的なカテゴリーそのものが存在しなかったのだ。以前それらの人たちは、「アメリカの田舎で大農場でも経営していそうな人」というふうに、見上げる視線とともに語られたのである。

むろん僕は「アメリカを尊敬しよう！」などと言いたいのではない。かつてのように〈西洋（特にアメリカ）／日本／それ以外〉という上下関係で世界を切り取らなくなったのはいいことだ。でもこうやって「日本」を「アメリカ」のほとんど上に置いてしまうとき、その「日本」の優越性を支えているのは、いったい何なのか。要するに、ドルに対する円の相対的な強さにすぎないんじゃないだろうか。

ここ十年くらいの間に、一ドルが二百円を切り、とうとう百円を切る中、輸入盤はいつの間にか国内盤より安くなり、音楽に限らず、日本人は強い経済力に支えられて消費者としてはどんどん洗練されてきた。テレビのＣＭなどで相変わらず金髪白人の美男美女があふれているのは本当にみっともないけれど、たかだか外貨交換レートにしか根拠を持たない優越性でもって世界を見下すとすれば、それはそれでもっとみっともない気がする。そんな馬鹿はあんただけだよ、とみなさんが思ってくれるといいのですが。

旧石器時代のはなし

記憶の中に音楽が入り込んでくるのは、いつ頃からだろう。通った幼稚園がキリスト教系だったので、賛美歌はいろいろ歌った。「もろびとこぞりて」とか。でも歌った時の情景はもう思い出せないし、メロディは覚えているものの、そのメロディが、記憶の沼の中から浮かび上がってくる実感はない。いまひとつ影が薄いのだ。もしかするとそれは、幼稚園や賛美歌の体現するキリスト教文化が、僕の育った、もっと大きな文脈（＝昭和高度成長期前夜の京浜工業地帯）に完全には溶け込んでいなかったせいかもしれない。記憶の沼底の、より大きな澱《よど》みと溶け合っていないせいで、よみがえってくる情景や音はいまひとつリアリティを欠いている。

大学生になってから、「もろびとこぞりて」の出だしは「ドシラソファミレド」であることに気がついた。

＊

小さい頃を思い起こすときに、沼底から聞こえてくるのは、むしろ歌謡曲だ。「有楽町で逢いましょう」「黒い花びら」「月の法善寺《ほうぜんじ》横町」等々。何かの拍子でこうした歌を思い出すたびに、建て直し前のわが家での薄暗い雨の日が戻ってくるし（記憶の中で幼い日はなぜかたいてい雨だ）、逆にそういう日のことを考えても、「貴女《あなた》と私の合言葉……」とフランク永井の低音が響いてくる。どうも賛美歌よりこっちの方が、高度成長期前夜の京浜工業地帯における幼年期には相応《ふさわ》しいらしい。

「黒い花びら静かに散った」を「黒い鼻くそ丸めて投げた」と替え歌にして歌っていた小学校の同級生は、現在、超有名女性演歌歌手の夫兼マネージャーになっている。

＊

もっとも、「有楽町で……」や「黒い花びら」が流行った頃はまだ家にテレビがなかったから、僕がどうやってそれを聴いたのかはよくわからない。父や母は流行歌には興味がなかった。ラジオで聴いたのかもしれないが、あまりそういう気はしない。あるいは、僕が小さかったころわが家には「流し」のおじさんが下宿していたので、ひょっとしたらその人が聴かせてくれたのかもしれない。それとも、実は聴いたのはずっとあとになってからであって、僕が勝手に記憶を捏造《ねつぞう》して、幼い頃聴いた気になっているだけかもしれない。

流しのおじさんは、わが家を出るにあたって、もっといいギターが買えたからと言って、それまで使っていたギターを置いていった。何年かそれは物置で埃をかぶっていたが、やがて僕はそのギターで「禁じられた遊び」を覚えた。

*

家でテレビを買ってからは、音楽をめぐる記憶に映像が加わる。ここでも音楽はもっぱら歌謡曲だ。九〇年代はどうか知らないが、たいがいいつの世でも「御三家」がいるもので、当時の御三家は男が橋幸夫、舟木一夫、西郷輝彦《てるひこ》、女が中尾ミエ、園《その》まり、伊東ゆかりで、最初に覚えたのは舟木一夫の「高校三年生」だったが、個人的に好きだったのは九重佑三子《ここのえゆみこ》である（「あのねーそんな旧石器時代の固有名詞並べたってわかるわけねーだろ」という十代二十代の声が聞こえる）。

「高校三年生」の「クラス仲間はいつまでも」を、僕はずっと「暮らす仲間はいつまでも」だと思っていた。誤りに気がついたのは大学を卒業してからである。

*

小学校四年か五年の頃に、家でポータブル電蓄を買った。僕がはじめて買ったレコードは、加山雄三の「君といつまでも」「夜空の星」のシングル盤。その次がベンチャーズの「バットマン」「ナポレオン・ソロのテーマ」。いまにして思えば、どちらもA面よりB面の方が出来がいい豪華なカップリングである。

その後しばらくは、シングル盤を買って、B面がつまらないと、ひどくがっかりした。

＊

六年生の頃から、9V電池がすぐなくなってしまうトランジスタ・ラジオや、自分で作ったゲルマニウム・ラジオで、英米のポップスを聴きはじめた。はじめて聴いたヒット・チャートには、ナンシー・シナトラ「にくい貴方」、ホリーズ「バス・ストップ」、ダスティ・スプリングフィールド「この胸のときめきを」といった曲が並んでいた。「この胸の……」は本当にしょっちゅうかかっていた。ダスティ・スプリングフィールドは歌もまかったが、まずは「美人歌手」というイメージだった。

三年前、スティーヴ・エリクソンという作家に会いにいった。エリクソンは壮大なスケールの小説を書く人で、CD棚もそれに相応しく、安手のポップスなんか知るかという感じにディラン、ヴァン・モリソンといった本格派が並んでいたが、中にダスティのベストCDが混じっていた。そのことをいうと、あまり表情の変わらない人がえらくニッコリして、“I love Dusty Springfield!”と答えた。

＊

プルーストはマドレーヌの味に触発されて膨大な記憶の糸を紡《つむ》ぎ出したが、僕が子供の頃に回帰するための触媒《しょくばい》はもっぱら音楽だ。クラシックやジャズも聴くようになった今日、残念ながら舟木一夫はもう聴かないけれど、中学の頃聴いたバーズやキンクスは（そして小学生の頃聴いたベンチャーズも曲によっては）依然同じようにワクワクして聴くことができる。音楽という観点からみれば、小学校の頃の自分、中学の頃の自分、高校の頃……と、いくつもの自分が何層にも重なっていまの僕が出来上がっている。四十一歳、大学助教授という現在の自分は、その一番上の、ごく表面的な層にすぎない。

がんばれポルカ

二十年くらい前に、「老人と子供のポルカ」という歌がはやった。あれはいい歌だった。

左卜全《ひだりぼくぜん》という、能面みたいな顔をした変わり者の老優が子供たちと一緒に出てきて、ポルカのリズムに（それなりに）乗って、

ズビズバ　パパパヤ
やめてけれ　やめてけれ　ゲバゲバ

と歌うのである。当時はゲバ棒持ってヘルメットかぶった学生の姿が、毎日のようにテレビに出ていた。

二番ではこれが、

やめてけれ　やめてけれ　ジコジコ

になる。当時は交通事故が公害と並んで大きな社会問題であった。

で、一番も二番も、

おお神様　神様　助けてパパヤ

で終わるのである。これだけ述べただけでも、いかに素晴らしい歌かがわかるであろう（わからないか）。

＊

一九六〇年代なかばのベトナムが舞台のアメリカ映画『グッドモーニング・ベトナム』では、ポルカとロックンロールが対照的に描かれている。

ポルカは、上官が「正しい娯楽」として押しつける、圧倒的に退屈な音楽。ロックンロールは、上官がマユをひそめる、兵士たちに圧倒的に人気のある音楽。ロビン・ウィリアムズ演じる人気ＤＪが米軍放送でロックンロールをかけまくり、兵士たちは大いに盛り上がる。

こういう独善に出会うと、私は断固、ポルカに味方したくなる。そりゃ確かに、歴史的に見ても、当時ポルカという音楽が、新しいエネルギーや創造性をみなぎらせていたとは思わない。明らかにロックンロールの方が、時代の息づかいを敏感に捉えた音楽であっただろう。でも、自分の正しさを大声で言うのはみっともないことである。ロックをそういう独善のなかに持ち込んでほしくない。

＊

スチュアート・ダイベックという作家が僕は大好きで、短篇集を一冊訳してもいるが（『シカゴ育ち』白水社）、彼の描くシカゴの下町では、おばあちゃんの真空管ラジオはいつもポルカ専門の放送局に合わせてある一方、孫たちはロックバンドを組んでスクリーミン・ジェイ・ホーキンスのシャウトを真似しあったりしている。どっちが正しいか、正しくないか、とかいった話はいっさい出てこない。両方が、べつに意識して仲よくしようと努めたりもせず、ただ併存している。おばあちゃんのラジオも、何せ古いから、ときどきチューニングがポルカからずれて、違う音楽が紛れこんできたりする。こういう方がずっといい。

＊

僕の持っているレコード・CDのなかで、「ポルカ」という名がついた曲は、第二次大戦中アメリカ軍兵士たちのアイドルだったアンドルー・シスターズの「ビヤ樽ポルカ」だけだ。ポルカといえばまずこれ、というくらい有名な曲で、「素敵なガーデンで誰もがみんな楽しそうな顔 バンドがポルカを奏でれば 一人残らずスイングするよ」と、どこまでも能天気な歌である。元歌はチェコスロバキアの民謡らしい。

しかし、こういう歌ばかり一日中かかっている放送局があるというのは、そう悪い世界ではないんじゃないかという気がする。日本のラジオはFM局などずいぶん増えたけど、どこも幕の内弁当的にポップス、ロック、ジャズをバランスよく取り混ぜてるばかりで、すごく不満。CMもお喋りもたいていはうるさいだけで、テレビと違って「音を消して見る」わけにもいかず、結局聴く気になるのはNHKのクラシック番組だけである。

ポップスやロックのアーチスト名がずらりと並んだ新聞のFM番組表を見るたび、「エフエムノバングミヒョウツテコンナカンジ」という秀逸な川柳（志木／杉山竜さん作。毎日新聞九四年十一月十二日）を思い出す。結局のところ、ロック、ポップス、ジャズを聴く若者しかまとまった消費者層がいないという、文化の腰の弱さが問題なんだろうけど。

起《た》て、全国のポルカ愛好者よ、日本にポルカ専門局を設立すべく連帯し闘争せよ——というのはまあ無理としても、ポルカのみならず、都々逸とか行進曲とかヨークシャー地方民謡とか狸《たぬき》囃子《ばやし》とか御詠歌《ごえいか》とかシーザー治《ち》世《せい》期の復元音楽とか、すべての日《ひ》陰者《かげもの》的サブジャンルばかり一日中流していて、DJの小うるさい喋りはもちろんなく、CMも毒掃丸《どくそうがん》とか地下《じか》足袋《たび》とか亀の子タワシとかいったものばかり、なんていう局があったらカッコいいのになあと思う。何かの間違いで億万長者になったら、そういう放送局をやってみたい。

ニューヨークの空気

ニューヨークの秋　スラムもメイフェアに変わる
ニューヨークの秋　スペインのお城なんか要らない
セントラル・パークのベンチで　暗闇を祝福する恋人たち
こんにちは　また今年も生きられて嬉しい
ニューヨークの秋を

——ビリー・ホリデイの歌いぶりが信じられないくらい美しい「オータム・イン・ニューヨーク」。「メイフェア」はロンドンの超リッチな一画である。スラムがメイフェアに変わるというのは「山谷《さんや》が田園調布に変わる」というよりもっとすごい。そこまで謳《うた》い上げられたなんて、いい時代だったんだなあとタメ息をつくべきか、能天気な時代だったんだなあと呆れるべきか。「スペインのお城」は「空中楼閣《ろうかく》」「現実離れした夢」の意。夢でできている町に、いまさら夢なんて要らないというわけだ。今日《こんにち》セントラル・パークの暗闇を祝福するのは、まあ人生投げた人ですね。

この曲が書かれたのは一九三五年、作者はロシア系アメリカ人ヴァーノン・デューク。ちなみにデュークには、「四月のパリ (April in Paris)」という名曲もある。十九、二十世紀に人々をもっとも魅了してきた二つの都市が、ロシアの小さな町の鉄道駅で生まれた男によって、永遠の音楽的生命を与えられた。

ニューヨークというと、ぼくがまっさきに思い浮べるのは、いろんな女たち、ユダヤ人、イタリア人、アイルランド人、ポーランド人、中国人、ドイツ人、黒人、スペイン人、ロシア人、ありとあらゆる女たちが、着飾って街を練り歩くイメージなんだ。これはぼくだけの感情か、それともこの町に住む男ならだれでもそういう気持を抱いているのか、そのへんはよく分らないけれども、とにかく、ぼくはこの町へピクニックに来ているみたいな感じだね。劇場で女たちの近くに席をとったりすると、実に気分がいい。六時間もかかってお化粧した名だたる美女なんか、確かにそれだけのことはあるよ。それから、まっかなほっぺたをしてフットボールの試合を見ている女学生もいいなあ。これから気候がよくなれば、サマードレスを着た女たちとか……。

（小笠原豊樹訳、草思社『緑色の裸婦』より）

――一九五〇年代のニューヨークというとまず思いつくのが、アーウィン・ショーのこの短篇「サマードレスの女たち」（「夏服を着た女たち」とも）。いまだったら「女を見世物扱いしている」と叱られるだろうが、ともかく「オータム・イン・ニューヨーク」同様、ここで賛美されている美しい街は、ホームレスとジャンキーに言及しないことには街を語ったことにならないように思える今日のニューヨークから、何光年も隔《へだ》たっているように感じられる。

ルー・リード一九八九年のアルバム『ニューヨーク』のなかの「ホールド・オン」という曲では、警官がセントラル・パークでブッダという名前の十歳の子供に頭を撃たれるという状況が平然と歌われる。これが今日のニューヨークの描き方の「基本形」だろう。しかもルー・リードの歌いぶりは、社会の荒廃を嘆いても憤《いきどお》ってもいない。ヘラヘラと、ほとんど笑うように歌っている。

強盗や頭のネジの外れた連中に満ちた夜のニューヨークを描くマディソン・スマート・ベルの短篇「I♥NY」の主人公のアパートの電話は、ダイアルを回すたびにその下から、いまやニューヨーク名物のゴキブリがゾロゾロ出てくる。むろん五〇年代だってゴキブリはいただろうが、それを語った方が話になるか、語ってしまえば話にならないか、時代の空気の違いである。

ところで、「サマードレスの女たち」は、ニューヨークの女たちを「なんてかわいい女だろう、なんてすてきな脚だろう」と賛美の目で眺める夫と、それを悲しく思う妻の話である。その結末で、妻は電話をかけに行く。「フランシスは、立ちあがり、部屋を横切って、電話の方へ歩き出した。その歩きぶりを見守りながら、マイクルは思った。なんてかわいい女だろう、なんてすてきな脚だろう」。

――ここにアーウィン・ショーの人気の秘密があり、かつその通俗性がある。五〇年代だろうが九〇年代だろうが、ニューヨークだろうが東京だろうが、女房が歩いているのを見たら、ふつう男は「女房が歩いてらあ」としか考えないのである。

一本のテープ

一枚のＣＤをというご依頼だが、これは一本のカセットである。戸川《とがわ》純とヤプーズ、『裏玉姫』。かつてはレコード、ＣＤはなく、テープのみ出ていた。現在はＣＤとＭＰ３で入手可能（アルファレコードYLC-20004　発売元ワーナー・パイオニア）。

個人的に、とても思い出深いテープである。むろん中味は素晴らしい。ヒステリアから官能、官能から無垢、無垢から狂気、狂気から可憐、可憐から自虐、自虐からブリッ子、ブリッ子から錯乱……と千変万化する戸川純はほかの誰にも似ていない。

このテープを半年ばかり毎日くり返し聴いていた時期がある。当時僕はイェール大学に留学していた。勉強に追われていたし、一ドル＝二五〇円の時代では物もあまり買えず、レコードも数枚買っただけだった。

留学期間中、僕はまったくの劣等生だった。授業の予習は前の晩遅くまで頑張っても間に合ったためしがなく、授業中のディスカッションは語学的にも内容的にもついていけず、もちろん授業の外で何か華々しい活躍ができるわけでもなかった。要するに、掃いて捨てるほどいる、その他大勢学生の一人。

それでも秋のうちは天気もよく、日曜日にヤードセールをひやかしながら静かな街を散歩していると「まあいいか」という気にもなったが、一晩で紅葉が全部散ってあっというまに冬が来て、車もないから大学のバスに頼って最低限の移動で済ますしかなくなり、大学→図書館→アパートの完全三点生活を強いられるようになると、百パーセントの劣等生であるというのは結構気が滅入る毎日だった。

そういうなかで、唯一持っていた日本語のテープである『裏玉姫』をくり返し聴いたというのは、いま思えば要するに、劣等留学生である現実からの手っ取り早い逃避ということだったのだろう。でもそういう現実のなかにいるときは、そんな理屈など考えたりはしない。とにかく、貪《むさぼ》るように、台所で食事を作りながら、あるいは食後、早く予習に戻らなくちゃと思いつつ日本製の、といっても日本ではお目にかからないような輸出専用の安物ステレオで、「踊れない」「涙のメカニズム」「ロマンス娘」といった名曲の数々を聴い

たのである。吹雪で街じゅうが停電したときも、ラジカセでこのテープを聴いていた。

外は零下十数度という寒さ、停電でアパートはまっくら、予習は間に合わない、間に合ったところで授業にどこまでついていけるかという情けない状況で、単二電池二本で動く小さなラジカセで「隣の印度人　サブウェイに乗って　動物園へ行こう」といったシュールな歌詞や、虫に変身した女の絶叫パンク（原曲はパッヘルベルのカノン）に聞き惚れている、というのは奇妙といえば奇妙な情景である。でもそのときの僕には、その奇妙さを意識したり、ましてや面白がったりするほどの余裕はなかった。そんな余裕があったら、ほとんどすがるようにして、くり返し戸川純を聞く必要もなかっただろう。

暗い留学生活を明るくしてくれた、とまでは行かずとも、少し暗くなくしてくれたこのテープには、いくら感謝してもしきれない。

恥を知れ

エッセイであれ小説であれ、すべて文章というものは、書かずにはいられないという、やむにやまれぬ衝動から書かれねばならない。

と、思う。

言いたいこともないのに、読者の受けだけを狙って、ギャグやら気のきいた逸話やらを並べたり、最近読んだ本のなかの話にちょこっと尾ヒレをつけただけで紙面を埋める、なんていうのは最低である。

と、思う。

締切当日になって、本棚を引っかきまわしてみたり、窓の外を眺めてみたり、猫と睨めっこしてみたり犬を散歩に連れていってみたり、シーズンオフ中の野球担当三流スポーツ記者みたいに浅ましくネタをあさる人間には、文章を書く資格なんてない。

と、思う。

と、いちいち煮えきらなくて申し訳ないのですが、何しろこれ、要するに全部自分のことを書いているのです（うちには猫も犬もいないけど）。そういう「物書きの風上《かざかみ》にもおけない」自分が、すでに一冊半エッセイ集を出してしまっていることを思うと、本当に申し訳なくなってしまう。先日たまたま読んだドゥブラヴカ・ウグレシチという旧ユーゴスラヴィア作家の本（と、またしても「最近読んだ本のなかの話」におんぶする）にも、「自尊心のある書き手なら避けるべきもの三つ」として、

（1）自伝

（2）外国について書くこと

（3）日記

――が挙げられていた。なぜこの三つを避けるべきかというと、要するにナルシシズムの発露だからというのである。むろん芸術活動の出発点にはかならずナルシシズムがあるだろうが、出発点ではなく結果がナルシスティックなのは最低だというのだ。ウグレシチの論を要約すれば、（1）自分について書くのは一種の自己鍛錬《たんれん》にはなるかもしれないけど、他人にとっては猥褻《わいせつ》なまでに退屈。（2）外国について書こうと思うのは、自分の視点がユニークであるという錯覚の表われ。（3）日記とはせいぜい、文化的に大人になってい

く過程における、許されうる罪でしかない……。「自伝」については一種の極論であり文字通りには受けとれないが、基本的にはみんな賛成。異議なし。

もちろんウグレシチは、偉そうに教訓を垂れているわけではない。彼女がこう冒頭で語っている*Have a Nice Day*という書物自体、旧ユーゴでの生活とアメリカ滞在の印象を交互につづった、まさに（1）でも（2）でも（3）でもある本なのだ。それでも彼女は、「この本はジャンルとしては（1）にも（2）にも（3）にも属すけれど、中身は（1）でも（2）でも（3）でもない」と言いきるだけの、強烈な政治的・文化的体験にも裏打ちされた文学的自負を持ち合わせている。実際読んでみても、たしかに（1）（2）（3）どのレッテルを貼ってもなんとなくしっくり来ない不思議な本である。しかるに僕は（と、ウグレシチと比較すること自体おこがましいのですが）受験戦争をべつにすればいかなる戦争も体験していないし、これといってユニークな経験もなければもちろん文学的自負なんてないまま、まさに（1）（2）（3）をテキトーに混ぜあわせて文章を書き散らしている。

恥を知れ！

と、思いっきり卑屈に出てしまいましたが、実をいうと、べつに自分の文章がどうこうということじゃなく一般論としていうなら、四百字換算で数枚のエッセイだったら、「これだけは世間の皆さまに何が何でも申し上げておきたい」というものが特になくても、読者を退屈させることを恐れるサービス精神と、文章をくり返し推敲《すいこう》するだけのマメさがあれば、ひとまず楽しめる作物《さくぶつ》が出てくることも大いにありうるんじゃないかという気がする。

そりゃもちろん、書きたいことがあった方が楽ではある。僕もいままで一度だけ、ネタの面白さも考えずサービス精神も忘れて、読者が退屈したっていいや、とにかく思いっきりナルシスティックにセンチメンタルに「子供のころのことを書こう」と決めて、思いつくままに書いたことがあるが（『佐藤君と柴田君』のために書いた「ボーン・イン・ザ・工業地帯」）、これは書いていてものすごく楽だったし、ものすごく気持ちよかった。

けれども、何を言いたいのかはよくわからないけれど、とにかく「言葉に連れてってもらう」という感じで成行きにまかせて言葉を練り上げているうちに、それなりに愉快だったり新鮮だったり示唆的だったりする表現や考え方に行きあたる、ということだってあるのだ。「そっかー、自分はこういうことを言いたかったのかー」というよりむしろ、「そっかー、この文章はこういうことを言いたかったのかー」という発見。僕の場合、そういう「無目的からの発見」がずいぶん多い。「だからお前はその程度のものしか書けんのだ」と言われればそれまでですが……。

　ところで、一九九一年に出したエッセイ集の『生半可な學者』というタイトルは、清水正巳という人が大正時代に書いた『必ず利くチラシの拵《こし》らへ方』という本のなかの言葉を借用したものである。どうしてそんな本を知っていたかというと、ずっと前、将来エッセイを書くなんて思ってもいなかった大学院生だったころ、古本屋の店頭の百円均一の箱のなかで見かけて、なんとなく「いつか役に立つんじゃないか」と思って買っておいたのである。それが十年以上たってから、この本のおかげで締切が一回切り抜けられただけでなく、もしかしたら僕の最初にして最後の単独著書である本のタイトルにまでなってしまった。あのときの「いつか役に立つんじゃないか」という勘は我ながらすごかったと思う。あんな勘が毎日のように働いていたら、いまごろは田園調布に豪邸が建っているにちがいない。

あとがき

あちこちの媒体に書かせてもらった文章が一冊の本にまとまるのは、僕にとってとても嬉しい出来事である。はじめてのエッセイ集『生半可な學者』（白水Uブックス）に収められることになった一連の文章を書いていたころは、まさかそれがいずれ本になるなどとは思ってもいなかったのだが、人間、無垢はあっというまに失ってしまうもので、その後は、書いたものがある程度たまってくると、これも本にならないかなあと図々しく考えてしまう。とはいえ、翻訳なら誰にも負けないくらい速いと思うのであるがエッセイを書くのは誰にも負けないくらい遅く、なかなか一冊分は文章がたまらない。

で、誰かと組んで本を出せば、自分の仕事は半分で済む、とチャッカリ考えて、二冊目は大学の同僚佐藤良明氏と組んで、ジョイント・エッセイ集『佐藤君と柴田君』（白水社）を出した。そして今回は、近年僕の「専属絵師」をやってくれている、イギリス在住の絵本作家きたむらさとし氏と組んでエッセイ+絵の本にし、またもチャッカリ半分の仕事で済ませたわけである。なかには雑誌掲載時に描いてもらった絵もあるが、大半は今回の単行本化にあたって新たに描いていただいた。自分の書いたすべての文章にきたむら画伯の絵がつく、という夢のような贅沢が実現できて、本当にものすごく嬉しい。僕の気持ちとしては、この本はきたむらさんとの共著である。

単行本に収録するにあたって、どの文章も若干手を入れた。第I部、「取越し苦労」から「他人のフンドシ」までの文章は、新書館刊行の隔月誌『大航海』の連載エッセイ「生半可な漂流者」から（編注：「隣り合う遠い町」を除く）。この連載は現在も続行中であるが、もともとないネタが最近はますますなくなってきて、毎回締切が近づくごとに、「大航海連載引き受け大後悔」としょうもないシャレを心のなかで呟く状態がつづいている。この先、どうなることやら。

「最高の食べ方」から「文庫本とラーメン」までの五本の第II部「食べ物ネタ」のうち、はじめの四本は柴田書店刊（親戚がやっているわけではない）の『月刊 専門料理』に「食べない　食べます　食べるとき」という題で連載した。この連載は本当はもっと長くつづく予定であったが、いざ開始してみると、すでにカレーパンとミルキーについて書いてしまったあとでは食べ物について語れることが僕には何ひとつないことが判明し、四回で終わらせていただいた。ご迷惑をおかけした『月刊 専門料理』編集部にここでもう一度お詫び申し上げます。「文庫本とラーメン」はパンフレット『新潮文庫 夏の一〇〇冊』に掲載された。これでラーメンについても書いてしまったし、食べ物に関して思い残すことはもう何もない。

「消すもの／消えるもの」から「自転車に乗って」までの第Ⅲ部は、メタローグ刊『リテレール』連載の「モノたちの領域」。「本」と「モノ」をからめて書く、というやり方は書いていてとても楽しかった。アイデアをくださった『リテレール』編集部に感謝します。

「コリヤー兄弟」は、雑誌『グランド・ストリート』に載っていた短い文章を、大学でやっている翻訳の授業の課題文にしたのがきっかけである。受講生全員が提出した、一二〇トンの物たちに埋もれて死んでいった奇怪な兄弟をめぐる訳文をくり返しくり返し（約百本）読んでいるうちにだんだんこの兄弟に惹かれていって、結局こういう文章を書くことになった。だからこの一文に関しては、何となく、九五年度冬学期「地域文化論Ⅰ」受講生の皆さんに恩がある気がする。

第Ⅳ部「音楽ネタ」の文章のうち、「エレベーター・ミュージック」から「がんばれポルカ」までは、リットー・ミュージック刊の音楽雑誌『SiFT』に掲載された。現在進行形のロック・ミュージックを扱った雑誌のなかで、とことん時代錯誤の話を許容してくださった『SiFT』編集部に感謝します。「ニューヨークの空気」は『MRミスター・ハイファッション』九五年四月号に、「一本のテープ」は『小説TRIPPER』九六年秋季号の「一枚のCD」というコラムに、それぞれ書かせていただいた。これで音楽についても、「有楽町で逢いましょう」についても書いたし「もろびとこぞりて」のことも戸川純のことも書いたし、もう思い残すことはない。

これらの文章が、とにもかくにもこうして本に収まるまでには、多くの方々のご協力があった。まず何といっても、各媒体の担当者の皆さんにお礼を申し上げたい。ほとんどパクリというに近いかたちで数多くネタを使わせてくださった『平凡社世界大百科事典』(平凡社)『大辞林』(三省堂)にもお礼申し上げます。べつにそんなつもりではなかったわけだが死の一歩手前の苦痛をもって題材を提供してくれた青木比登美《ひとみ》氏にも深謝する。クヌート・ハムスン『飢ゑ』に関する投書の掲載を許可してくださった宮原賢吾氏、コリヤー兄弟に関する資料を提供いただいた東京大学教養学部アメリカ研究資料センターの皆さん、アメリカ留学当時『裏玉姫』のテープをお貸しくださった巽《たつみ》孝之氏にもこの場を借りて感謝したい。そして、それぞれの文章の初出時に感想を寄せてくださった方々と、単行本化にあたってご尽力いただいた新書館の皆さん、それに(ちょっと先回りですが)この本を手にとってくださる読者の皆さんにも。

『生半可な學者』につづいて、この本も一応、両親に捧げる。

一九九七年五月

柴田元幸

生きているかしら――文庫版あとがきに代えて

『死んでいるかしら』刊行から十七年、めでたく日経文芸文庫に入れていただけることになった。日本経済新聞出版社の堀川みどりさんのおかげである。

十七年のあいだに著者はだいぶ劣化してきて、いっぽう雑事は増える一方で毎日あたふた青息吐《あおいきと》息《いき》の息、「死んでいるかしら」というよりはむしろ「生きているかしら」という感じである。

このあいだ、ラジオからボブ・ディランの「フォーエバー・ヤング」が聞こえてきた。一九七四年発表の歌だから、初めて聞いたときは、いまの年齢のほぼ三分の一の、二十歳。「フォーエバー・ヤング」というくり返しが一度で頭に入るこの歌、当時は幼い息子に向けてディランがうたったものだとは知らず、forever young とは「くだらない大人になって

たまるか」と訳すべきだな、と自分に引きつけて思ったものである。

だが現在、forever youngを「新訳」するなら、「年寄りの冷や水」ってことだなあ、と、年末に階段ですべって転んで痛めた肘と膝を抱えつつしみじみ感じ入る次第（より正確には、階段で滑って転んで肘を傷めたのを忘れてプールから這い上がろうとして膝をぶつけて腫れ上がり、さらに、引き出しを引き出しすぎて抜けてしまいあわてて腕で支えて肘をさらに傷めたのである……と書いてみると、トシっていうよりただの間抜けですね）。

二〇一四年初頭、ディランのみならずローリング・ストーンズも来日するが、ストーンズはもう少し経ったら見てみたい。ミック・ジャガーもキース・リチャーズも、もはやステージを駆けまわるなんてことは叶わなくなり、杖をついてステージに登場し、よっこらしょと椅子に腰かけて、静かに「サティスファクション」をうたう……なんてことになったらぜひ見たい。そうなったら、こっちも杖ついて、なんとかアリーナだかかんとかドームだかまで頑張って出かけていくのぢゃ。

二〇一四年二月

柴田元幸

初出一覧

「取越し苦労」「ホール・イン・ワンの呪い」「死んでいるかしら」
「国際親善ばんざい」「目クソ、目クソを嗤う」「考えもしなかった」
「原っぱで」「クロコダイルの一日は」「エントロピーとの闘い」
「Hey Skinny!」「展覧会で」「そして誰もいなくなった」
「わかっていない」「他人のフンドシ」／『大航海』No.1〜14
「最高の食べ方」「まずそうな食事について」「飢えについて」「においについて」／
『月刊専門料理』'96一〜四月号
「文庫本とラーメン」／『新潮文庫 夏の一〇〇冊』'95book essay
「消すもの／消えるもの」「箱 入れる物／入る物」「窓の話」「コリヤー兄弟」
「床屋の話」「火について」「自転車に乗って」／『リテレール』No.12〜18
「エレベーター・ミュージック」(「エレベーター・ミュージックの高揚と効用」改題)／
『SiFT』'95十二月号

「アメリカを見る目」／『SiFT』'96三月号

「旧石器時代のはなし」／『SiFT』'96六月号

「がんばれポルカ」／『SiFT』'96九月号

「ニューヨークの空気」／『MRミスター・ハイファッション』'95四月号

「一本のテープ」（「戸川純とヤプーズ」『裏玉姫』改題）／『小説TRIPPER』'96秋季号

文庫初収録作

「恥を知れ」／『翻訳の世界』'95十一月号

「隣り合う遠い町」／『東京人』'10一月号

＊日本語訳はすべて筆者

本書は1997年に新書館より刊行された
同名書を文庫化したものです。
引用は出典の表記のままとしました。
このため、現在では不適切とされる表現が
用いられている箇所がありますが、ご了解下さい。

日経文芸文庫

死《し》んでいるかしら

2014年4月7日 第1刷発行

著者 柴田元幸《しばたもとゆき》

発行者 斎藤修一

発行所 日本経済新聞出版社
東京都千代田区大手町1-3-7 〒100-8066
電話(03)3270-0251(代)
http://www.nikkeibook.com/

イラスト きたむらさとし

ブックデザイン アルビレオ

印刷・製本 凸版印刷

定価はカバーに表示してあります。
落丁本・乱丁本はお取り替えいたします。

Printed in Japan ISBN978-4-532-28033-8